평생 일하고 싶지 않은
내가, 같은 반
인기 아이돌의
□에 들면

3

미소녀
아이돌들과
**동거
생활**
이 시작되는
모양입니다

텐구지 유즈카
오랜만입니다, 린.

시모토 카즈하
ᅢ스트 미와베 사쿠라

앞으로는 조금 더
같이 보내는 시간이 늘어날까.

미아/우가와 미아

레이/오토사키 레이

시도 린타로

카논/히도리 카논

이나바 유키오

국민 아이돌과 식사 모임

네 부탁이라면 뭐든 이뤄줄게.

어때? 조금은 두근거렸어?

★★★
평생 일하고 싶지 않은
내가, 같은 반
인기 아이돌의
눈에 들면

키시모토 카즈하

미소녀
아이돌들과
동거
생활
이 시작되는
모양입니다

CONTENTS

일러스트/미와베 사쿠라
I don't want to work for the rest of my life,
but my classmates' popular idol get familiar with me.

내가 기억하는 아버지와의 추억이란 솔직히 불편한 것들 뿐이
었다.

『오늘은 셋이서 저녁 먹을 수 있다고 했잖아!』

어머니가 전화 너머로 소리친다.

외출용 옷으로 차려입고 설레는 마음으로 기다리던 나는 그 목
소리를 듣고 실망했다.

오랜만에 가족 세 명이서 외출할 수 있다고 믿었던 나의 기대
가 허망하게 무너진다.

『벌써 1년 가까이 돌아오지 않았으면서……!』

『──────.』

『윽……! 알겠습니다, 이제 됐어요. 당신이 그런 사람이었다는
건 알고 있으니까요.』

그렇게 토해낸 어머니는 강제로 전화를 끊었다.

나는 불안한 기분이 밀려드는 걸 느끼며 그런 어머니의 얼굴을
살폈다.

『……엄마, 아빠는 못 오는 거야?』

『────시끄러워.』

『어?』

『그 사람도 너도 다 제멋대로야! 나는 그 사람의 아이를 길러주
는 도구가 아니라고!』

그녀는 들고 있던 휴대전화를 바닥에 내팽개쳤다.

콰직! 하고 어딘가가 깨지는 소리를 내며 바닥에 흠집을 만든 휴대전화가 내 옆으로 미끄러졌다.

너무 큰 충격에 그 자리에 있던 내가 할 말을 잃고 있었더니 어머니는 나를 한 번 노려본 뒤 집을 뛰쳐나갔다.

지금 돌이켜 보면 당시 어머니에게는 이미 다른 남자가 있었던 것 같다.

집을 비우는 시간이 많아졌고, 돌아왔을 때는 무언가 선물 같은 걸 받은 듯한 모습이 보였다.

그때만큼은 죄책감도 있었던 건지 평소에는 귀찮아하며 거의 하려고 하지 않았던 요리를 해준 기억이 있다.

가족 문제를 상담하는 사이에 그렇게 되었다거나, 어차피 대단한 이유는 아닐 테지만 아무튼 그 여자는 나와 아버지를 버렸다.

그날은 저금했던 용돈을 털어서 편의점에서 도시락을 사 먹었던 것 같다.

혼자 넓은 집에 있다는 상황이 어딘가 무서워서 밤에 잠을 잘 자지 못했던 것도 기억한다.

다음 날 아침.

내가 학교에 가려고 집을 나설 때 어머니가 돌아왔다.

비위를 맞추기 위해서 '다녀오셨어요'라고 인사하려던 나를 향해 어머니는 무기질적인 시선을 던지며 이렇게 말했다.

『너는 정말…… 그 사람을 빼다 박았구나.』
그 말은 아직도 내 안에 쐐기로 남아있다.

평생 일하고 싶지 않은
내가, 같은 반
인기 아이돌의
눈에 들면

"오랜만이구나, 린타로."

그렇게 말한 나의 아버지, 시도 유타로는 마치 감정이라도 하는 듯한 시선을 나에게 보냈다.

"키가 조금 자랐나."

"……나름대로. 당신하고도 오랫동안 안 만났으니까."

"그래. ────거기 있는 소파에 앉아라."

아버지는 사장실에 있는 낮은 테이블을 사이에 두고 놓인 소파를 가리켰다.

오랜만에 얼굴을 봤는데도 괜한 말은 하지 않는 부분은 역시 이 남자가 극도로 효율을 중시한다는 증거가 되겠지.

낭비를 줄이는 건 기본적으로 코스트를 낮추거나 자유 시간을 만들기 위해 한다고 보지만, 이 남자는 그렇게 생긴 여유에 또 다른 일을 한다.

그렇기에 증조부 대부터 면면히 이어져 오던 회사를 고작 20년 정도 만에 이렇게까지 크게 키울 수 있었다.

"편지에 적힌 내용은 잘 전해졌겠지?"

"그래. 우습기 짝이 없다고 생각했지만."

소파에 살짝 걸터앉은 내 눈앞에 아버지가 앉았다.

"단도직입적으로 받아들일지 말지를 물으마. 네게 온 **맞선**에 대해."

"......."

아버지가 보낸 편지.

거기에는 나에게 혼담 요구가 들어왔다고 적혀 있었다.

상대방은 역시 대기업의 외동딸.

솔직히 상당히 난감했다.

흔한 러브코미디 작품에서 히로인이 하고 싶지도 않은 맞선을 보게 되어 난감해하고 있는 걸 주인공이 구해주는 이야기가 나오곤 하지만, 설마 히로인 포지션이 나한테 돌아올 줄은 생각지도 못했다.

"다시금 설명하자면 상대는 다양한 어뮤즈먼트 시설을 보유한 대기업, '텐구지 그룹'의 아가씨. 그녀와 혼인 관계를 맺게 된다면 서로 업무 제휴도 원활하게 이뤄지게 되겠지. 양측 회사에 더욱 큰 발전을 가져다줄 것이 틀림없다."

"......그러기 위해서라면 아들도 팔아먹겠다? 당신은 여전히 회사의 이익을 위해서라면 말 그대로 '뭐든' 쓰는구나."

이런 부분을 정말로 좋아할 수 없다.

역시 이 남자에게 나는 피가 이어진 가족 같은 게 아니라 거래를 위한 '물품' 중 하나인 거다.

"나는 이 맞선을 받을 생각 없어. 학비나 각종 비용을 내주는 건 고맙지만, 그렇게 도구처럼 쓰이는 존재가 될 마음은 없으니까."

"......그러냐. 그럼 거절해라."

"————뭐?"

말싸움이 될 걸 예상하고 시비조로 나섰던 나였지만 싱겁게 물러난 아버지를 앞에 두고 맥이 풀려버렸다.

　이 남자는 인간성에 문제가 있긴 해도 절대 거짓말은 하지 않는다.

　그래서 지금 이 말도 진심에서 나왔다는 건 알 수 있다.

　"텐구지 그룹과 밀접한 관계를 맺지 못한다고 해도 내 회사에는 타격이 없어. 즉 네가 맞선을 받아들이지 않아도 아무런 문제도 없다는 소리다."

　"……그럼 왜 부른 건데? 내가 거절할 것 정도는 알았을 거 아냐. 알아서 거절해놓으면 이런 식으로 시간을 낭비하지도 않았을 텐데."

　"네가 거절할지 받아들일지 나는 모르지."

　─────아, 그런 거냐.

　그런 것도 모를 정도로 이 남자와 나 사이에 거리가 있다는 뜻인 모양이다.

　몰랐던 건 내 쪽이었다.

　"게다가 오늘은 그 텐구지 그룹의 아가씨가 직접 여기에 와 있다. 어떻게든 얼굴을 보고 대화하고 싶다고 하기에 지금은 응접실에서 기다리라고 했지."

　"그 텐구지 그룹의 아가씨가 나 같은 걸……?"

　"본인에게 들어보니 너와는 **아는 사이**였다더군."

　아는 사이?

텐구지 그룹 같은 대기업의 딸과 만난 기억은 없다.

지나친 의심인 건지도 모르지만, 시도 그룹과 깊은 관계를 맺기 위해서 날조한 에피소드에 불과할 것 같은데————.

"우선은 만나봐라. 그 후에 거절해도 나는 아무 말 않겠다. 결혼한다고 정했을 때만 연락하도록. 그것 말고는 알아서 돌아가도 상관없다."

"……아, 그래."

아무래도 우리의 대화는 여기서 끝인 모양이다.

서둘러 사장실을 나온 나를 기다리고 있었던 건 변함없이 무표정을 짓고 있는 소피아 씨였다.

"응접실로 안내하겠습니다. 이쪽으로 오십시오."

다시 엘리베이터를 탄 나는 안내해주는 대로 응접실 문 앞에 섰다.

소피아 씨는 문을 노크한 뒤 그대로 열고 안으로 들어갔다.

나는 크게 한숨을 쉬며 소피아 씨의 뒤를 따라 안으로 발을 들여놓았다.

"시도 린타로 님을 모셔왔습니다."

"————감사합니다."

그렇게 인사한 사람은 매끄럽고 고운 흑발의 여자였다.

순백의 원피스를 입은 그녀는 굳이 자리에서 일어나더니 나를 향해 머리를 숙였다.

"오랜만…… 입니다."

이때까지 내내 고개를 숙이고 있던 나는 무의식중에 혀를 차려는 걸 억지로 참으며 대외용 미소와 함께 고개를 들었다.

"죄송하지만 저와 당신은 처음 만나는…… 것…….."

"……정말로 그런가요?"

나는 순간 말문이 막혔다.

첫 만남이라고 믿었던 그녀의 얼굴에서 어딘가 기시감이 느껴졌다.

벌써 10년도 더 된 기억—— 떠올리고 싶지도 않은 그 시절에 그녀의 얼굴이 존재했다.

"혹시…… **유즈**?"

"다행이다, 떠올렸군요. 다시금, 오랜만입니다. 린."

유치원 때 나와 친하게 지내며 내 뒤를 졸졸 따라다니던 여자아이.

어머니가 집을 나간 그 날 이후로 흐릿해졌던 기억이 한순간의 두통이 지나간 후부터 조금씩 선명해졌다.

어린 시절의 얼굴, 그리고 가슴 명찰에 적혀 있던 '텐구지 유즈카'라는 이름.

그리고 어린 사랑의 교감.

"저기, 괜찮으세요?"

"——으, 어, 으응…… 괜찮아. 이상하게 반응해서 미안해, 너무 오랜만이라서 놀랐다고 해야 하나."

어떻게든 가식 모드를 기동하며 태도를 가장했다.

그래, 텐구지 그룹의 아가씨가 이 아이였구나.

지금 생각해 보면 어느 기업 파티에서도 그녀의 모습을 본 것 같다.

언제 어느 파티였는지는 기억나지 않지만.

"다시 인사를…… 텐구지 유즈카입니다. 이렇게 재회하게 되어 진심으로 기쁩니다."

"어, 어어…… 안녕."

솔직히 어떤 태도로 대해야 하는지 알 수 없다.

그녀와 대화하는 건 그야말로 유치원 때 이후로 처음.

어떤 식으로 대했는지조차 기억나지 않다 보니, 얼굴은 아는데도 처음 만난 사람과 대화하는 듯한 신기한 감각이 나를 괴롭혔다.

"바쁜 와중에 이렇게 대화하는 시간을 내어주셔서 대단히 감사합니다."

"아니, 나는 별로 안 바빴는데."

"겸손하시군요. 차기 시도 그룹을 짊어질 당신이 바쁘지 않을 리가 없잖아요."

──나는 무심코 굳어버렸다.

그리고 '아, 그렇구나' 하고 이해했다.

그녀는 내 사정을 하나도 모른다.

물론 내가 집을 나간 게 공표되었을 리 없고, 애초에 그렇게 평판이 내려갈 법한 정보는 퍼트리고 싶지도 않을 테니까 그녀가 모르는 일 자체는 어쩔 수 없다.

어쩔 수 없지만.

"저와 린의 결혼이 성립되면 제가 이어받을 예정인 텐구지 그룹과 당신의 시도 그룹, 이 두 회사를 합병해서 국내에서도 손꼽히는 거대기업으로 만드는 것도 꿈이 아닐 거예요."

텐구지 유즈카는 한번 말을 끊으며 찻잔에 담긴 홍차를 한 모금 마셨다.

"다행히 저희는 과거에 장래를 맹세했던 사이입니다. 서로 이상을 이루기 위해 저와 부부가 되어주시겠어요?"

"——거절할게."

"후후, 그렇겠죠. 장래를 위해서라면 당신이 받아들여 줄 것을 알고 있어…… 네?"

무슨 말을 들은 건지 이해하지 못하겠다는 듯한 얼굴로 텐구지 유즈카는 내 얼굴을 쳐다보았다.

"죄, 죄송합니다……. 한 번 더 말씀해주시겠어요? 제대로 못 들은 것 같은데……."

"그러니까 거절한다고."

상황을 파악하지 못한 그녀에게 나는 다시금 단호하게 못을 박았다.

"무슨…… 어째서죠?! 여기서 저희가 결혼하면 앞으로 양가의 회사는 다양한 방면에서 원활하게 제휴할 수 있게 됩니다! 양쪽 모두에게 이득이 있는데……."

"……**텐구지**."

"……!"

일부러 예전에 부르던 '유즈'가 아닌 성인 '텐구지'로 부르자 그녀는 충격을 받은 듯한 표정을 지었다.

텐구지에게 직접적인 원한은 없다.

하지만 내 집을 끌고 온 시점에서 이 녀석은 적이다.

나와 시도 그룹의 사정을 모른다고 하나 '시도 린타로'라는 존재를 회사를 위해 이용하려고 하고 있고.

그런 녀석에게, 그런 작자들에게 내가 협력해줄 이유는 하나도 없다.

"나는 시도 그룹을 위해 무언가를 할 마음은 없어. 하물며 결혼이라니……. 그런 짓을 했다간 내가 차기 회장이 될 게 확정되는 셈이잖아. 그런 건 죽어도 사양이야."

결혼한다고 해도 내가 회사 인간이 아니면 의미가 없다.

만약 정말로 텐구지와 결혼한다면 주변에 있는 사람들이 강제로라도 나를 시도 그룹의 후계자로 만들겠지.

"이런 회사를 위해 내 인생을 날려 먹는 짓은 하기 싫어. 정략결혼을 하고 싶다면 다른 사람을 찾아봐."

나는 텐구지와 눈알 마주치지 않도록 피하면서 자리에서 일어났다.

조금이라도 이야기를 들어보려고 한 내가 잘못이었다.

이미 할 말은 없다.

나는 집에 돌아가기 위해 응접실 출구로 향했다.

"잠깐……! 기다려주세요!"

"왜?"

소리치면서 일어난 텐구지는 굳이 내 앞으로 이동했다.

텐구지의 손은 분노로 떨리는 것처럼 보였다.

"당신은 시도 그룹의 인간으로서 조금이라도 회사를 키우거나 지키려는 의사는 없는 건가요……!"

"……너 무슨 소리 하는 거야?"

"사람에게는 타고난 책임이라는 게 있습니다! 국내에서도 유수의 기업 관계자로서 태어난 우리에게는 기업을 지킨다는 사명이 있어요! 그걸 방임하다니…… 절대로 용서받을 수 없습니다!"

책임, 사명.

지금의 나에게는 가장 듣기 싫은 말들이다.

"———왜 네가 화내는데?"

"네?"

"왜 네가 나한테 화내는 거냐고 물었어!"

"윽?!"

어느새 나는 텐구지를 향해 마구 소리치고 있었다.

너무도 부당한 이 상황에서 화내고 싶은 건 나다.

책임, 사명, 그런 걸 나에게 떠넘겨놓고 왜 화내는 것까지 들어봐야 하는 건데.

"나는 너나 망할 아버지가 시키는 대로는 절대로 안 해. 회사를 위해서 무언가를 하고 싶으면 혼자서 하라고. 너도 아무쪼록 남들이 시키는 대로 편리한 도구로서 살든가."

"윽……."

"그럼 이만, 텐구지. 오랜만에 만나서 반가웠다. 이제 다시는 만날 일이 없으면 좋겠네."

나는 발걸음을 돌려 문을 활짝 열고 밖으로 나왔다.

"……웃기지 마. 어떤 수단을 써서라도 결혼을 받아들이게 하고야 말겠어."

그런 말이 들린 것과 동시에 응접실 문이 닫혔다.

나는 그 말을 못 들은 걸로 치고 회사 빌딩에서 나가기 위해 걸어갔다.

"돌아가십니까? 그렇다면 제가 모셔다드리겠습니다."

"필요 없어."

"……그렇습니까."

응접실 밖에서 대기하고 있던 소피아 씨의 제의를 거절한 뒤 나는 빌딩에서 나왔다.

시각은 마침 점심.

나는 조금 이동해서 근처에 있던 공원 벤치에 앉았다.

'……쓰레기다.'

조금 전에 소리친 걸 떠올리고 혐오감이 치민 나머지 손으로 얼굴을 덮었다.

아무리 화가 났다고 해도 여자에게 노성을 쏟아내는 건 안 된다.

분노를 부딪치는 건 폭력을 휘두르는 것과 다를 게 없다──고 생각하기 때문이다.

백 보 양보해서 내 분노가 정당했다고 해도, 억제할 수 없었던 시점에서 패배다.

"그나저나 하루 만에 끝나버렸잖아."

맞선 상대와 상황에 따라서는 하룻밤 자고 올 가능성도 있다고 들었기 때문에 레이에게도 오늘하고 내일까지 집을 비운다고 전달했다.

하지만 내가 뛰쳐나오는 바람에 이틀은 무슨, 하루, 아니, 반나절 만에 전부 끝나버렸다.

지금부터 돌아갈까, 말까.

참고로 레이의 답장은 '린타로가 없다면 호텔에서 잘게'였다.

아무래도 다시 사진집 촬영에 들어간 건지 그 현장 근처 호텔에 숙박한다는 모양이다.

즉 지금 집에 돌아가봤자 레이는 없고, 할 일도 없다.

기분을 전환하고 싶은 지금 타이밍에 할 일이 없다는 건 솔직히 피하고 싶은 상황이었다.

"……하아."

스마트폰을 붙잡은 채 한숨을 쉬었다.

혼자 있는 것도 힘들지만 연락하고 싶은 상대도 없다.

뭐라고 하지. 지금 누군가에게 연락한다는 건 곧 폐를 끼친다는 인식이기 때문에 손이 움직여지지 않았다.

'나 지금 되게 성가시다…….'

입에서 나오는 건 한숨뿐.

가을에서 겨울로 넘어가고 있는 공기는 어딘가 차갑고 시원한 인상을 준다.

구름이 적은 하늘은 더없이 푸르렀고, 공원 안에는 어린아이들이 부모가 지켜보는 가운데 즐겁게 놀고 있다.

"나 여기 안 어울리네."

무심코 쓴웃음이 흘렀다.

이런 반짝거리는 장소에 칙칙한 표정을 짓는 인간은 어울리지 않았다.

우선 여기서 이동하자.

아무도 없는 집에 있는 게 그나마 죄책감을 느끼지 않을 수 있을 것이다.

"──너 뭐해?"

그렇게 생각하며 일어나려고 한 그때, 익숙한 목소리가 귀를 두드렸다.

이상하네. 전에도 이런 저기 있었던 것 같은데.

그건 아마 여름이었던 것 같은──.

"야, 무시하지 말라고."

"아야."

이마에 퍼진 통증 덕분에 나는 기억의 바다에서 바로 돌아왔다.

내 이마에 꿀밤을 먹인 카논은 어째서인지 기가 막힌다는 듯 성대한 한숨을 쉬었다.

"뭐야, 다 죽어가는 얼굴로. 너답지 않은데?"

"그, 그냥……. 아니, 왜 카논이 이런 곳에 있는 거야?"

"본가가 이 근방이거든. 오늘은 우연히 스케줄이 변경되어서 우리 집 꼬마들과 놀아주려고 했지."

선글라스와 모자로 가볍게 변장한 카논은 그렇게 말하며 들고 있던 비닐봉지를 보여주었다.

안에는 슈퍼에서 산 듯한 음식 재료가 들어 있다.

"그러고 보니…… 너희 집 대가족이랬지."

"뭐, 대가족이라고 할 정도는 아니지만 동생은 많은 편일걸? 남동생이 두 명에 여동생이 한 명 있어."

"사남매냐."

"맞아. 아직 초등학생이지만 요즘 식욕이 꽤 왕성해진 모양이야."

확실히 봉지에 들어있는 재료는 양이 상당했다.

이만큼 있으면 레이가 있어도 며칠은 버틸 것이다.

"지금부터 집에 가서 점심을 차려줄 예정이야."

"생각보다 가정적이네, 너."

"생각보다는 빼고 말해!"

여느 때와 같은 태클을 받고 나도 모르게 웃음이 흘렀다.

레이도, 미아도, 카논도 역시 각자 다른 편안함을 준다.

아무에게도 연락하고 싶지 않다는 소릴 해놓고도 결국 누군가를 만나면 이렇게 조금은 회복되다니. 싱거울 정도로 쉬운 멘탈이다.

"……그래서, 왜 우울해하고 있었던 거야?"

"딱히 우울해했던 건 아니……."

"거짓말은. 평소에는 못 보는 얼굴이었는걸."

"…….."

이런, 들켰네.

이 녀석 왜 알아차린 거지?

혹시 내 팬인가?

"왜 우울했는지 나한테 조금 말해보지 그래? 뭐, 도움이 될 수 있을지는 알 수 없지만 털어놓기만 해도 편해질지도 모르잖아."

"……그런 건가?"

"그런 거야."

카논이 하도 당당하게 말하니까 나는 어영부영 오늘 있었던 일을 모조리 불고 말았다.

과거의 나였다면 절대로 말하지 않았을 것이다.

하지만 지금은, 카논이라면―― 아니, 밀스타 세 사람에게라면 괜찮다는 생각이 들고 말았다.

무의식중에 나는 그만큼 그녀들을 신뢰하고 있는 건지도 모른다.

"……흐음, 그렇단 말이지."

벤치에 앉아 내 이야기를 한차례 들은 카논은 선글라스 너머로 이쪽을 물끄러미 응시하기 시작했다.

뭐야. 민망하잖아.

"너도 상상했던 것보다 더 골치 아픈 걸 끌어안고 있구나."

"그냥…… 별거 아니야."

"거짓말하지 말라니까. 별거 아니라면 네가 그런 표정이 되다니 이상하다고."

"나도 평범하게 우울해질 때 정도는 있거든."

"오오, 그럼 역시 우울해했던 거 맞네."

히죽거리며 놀리는 듯한 표정을 짓는 카논.

망할. 빠르게 오가는 대화 흐름에 휩쓸렸어.

"아무튼, 여자애한테 소리 지른 건 반성할 점이긴 해. 뭐, 아무리 들어도 상대방 잘못이긴 하지만⋯⋯."

"어, 그 부분은 정말로 반성 중이야."

좋다 나쁘다 이전에 내가 나를 용서할 수 없다.

화를 내며 소리쳐서 무언가를 원하는 대로 하려는 건 어린아이의 행동이다.

고등학생이면 아직 어린아이라고 할 수도 있지만, 잘못된 행동임을 알면서 저질렀다는 건 몇 살이 되어도 한심한 짓이다.

나는 너무 유치한 내 행동에 울분이 치민 것이다.

"⋯⋯오늘 레이는 일이던가?"

"어? 어, 그럴 거야."

"흐음⋯⋯."

대체 무슨 말을 하고 싶은 거지.

카논은 고개를 홱 돌리고는 잠시 머리카락을 만지작거렸다.

"⋯⋯저기."

"왜?"

"어차피 한가하다면 지금부터 우리 집 오지 않을래?"

"뭐?"

뜻밖의 제안에 나는 얼빠진 목소리를 흘렸다.

"아까 말했지만, 우리 꼬마들에게 점심을 만들어줘야 하거든. 네가 있으면 내 일이 줄어드니까 도와줬으면 하는데."

"저기요⋯⋯. 일단 네가 보기에 나는 우울해하는 인간이지 않

았냐? 그렇게 부려 먹어도 돼?"

"여기서 멍때리고 있는다고 속이 진정될 것 같진 않거든. 아무
튼 움직여! 자발적으로 멈춰버리면 인간은 끝장이야."

난폭하다면 난폭한 논리지만, 참으로 카논다운 말이었다.

지금 나에게는 다소 억지로라도 끌고 가는 힘이 필요한 건지도
모른다.

이렇게 움직일 이유를 하나 던져주자 적어도 가슴속에서 휘몰
아치던 죄책감 같은 것은 조금 흐려졌으니까.

"……알았어. 도울게."

"그래, 아주 마음껏 돕도록 해!"

"문장이 이상해졌거든?"

나는 벤치에서 일어나 카논과 함께 그녀의 본가로 향했다.

"……! 누나가 남자친구 데려왔어어어어어!"

카논의 본가에 도착하자마자 나를 맞은 건, 그렇게 소리치면서
현관에서 펄쩍 뛰어오른 맹랑한 꼬맹이――가 아니고, 초등학생
쯤 되는 소년이었다.

소년의 외침이 신호라도 된 듯 복도 저편에서 두 명의 어린아
이가 달려왔다.

"남자친구?! 누나에게?!"

"언니의 남자친구?!"

남자아이가 둘, 여자아이가 하나.

이 애들이 카논이 말했던 동생이겠지.

잘 보자 세 명 모두 눈매가 카논을 쏙 빼닮았다.

"남자친구 아니야! 창피하니까 소란 피우지마, 꼬마들!"

"앗! 누나가 화났다!"

"언니는 맨날 화내!"

"어린애한테 화내고 유치해!"

"그런 소릴 하고 싶다면 조금 더 귀엽게 굴어!"

꺄아아 도망치는 아이들을 카논이 쫓아갔다.

연식이 오래된 단독주택의 현관에 홀로 남겨진 나는 어떻게 해야 할 줄 몰라서 생각이 정지됐다.

"——저런…… 시끄럽다 했더니, 그 애가 친구를 데려왔구나."

"어?"

갑자기 복도에 있는 문 중 하나가 열리더니 안에서 아담한 여성이 나타났다.

분위기는 30대 후반.

여성은 나를 보더니 슬리퍼를 끌며 현관으로 걸어왔다.

"어디 보자, 처음 보는…… 거지? 카논의 엄마인 코토네라고 해."

"아, 그, 시도 린타로라고 합니다. 오늘은 카논—— 양에게 초대받아서 왔습니다."

"그랬구나. 그 애가 친구를 데려오다니 오랜만이라서 놀랐어. 아무것도 없는 집이지만 푹 쉬다 가렴."

"……감사합니다."

"그런 곳에 있지 말고 우선 안으로 들어와서 거실에서 기다리는 게 어때? 지금 아이들을 데리고 돌아올 테니까."

나를 집에 들여준 코토네 씨는 그대로 거실로 안내해주었다.

깔끔하게 정돈된 거실에는 커다란 소파가 있었다. 나는 그 소파에 앉았다.

소파 앞에 놓은 TV를 적당히 쳐다보고 있었더니 복도 쪽에서 숨을 헐떡이는 카논과 동생들이 우르르 들어왔다.

"미, 미안해, 린타로…… 내버려 둬서."

"그건 별로 상관없는데…… 괜찮냐?"

"괜찮아. 맨날 이렇거든."

너덜너덜한 카논과 그런 카논에게 붙잡혀 부루퉁해져 있는 동생들.

이게 일상다반사라니, 카논이 주변 사람들을 잘 돌봐주는 것도 대충 이해가 갔다.

"자, 너희들 인사해."

카논이 등을 밀자 아이들이 내 앞에 섰다.

"난 아키야(秋也)! 초등학교 4학년!"

"나는 후유키(冬樹)! 초등학교 2학년!"

"나는 하루카(春香)! 네 살입니다!"

씩씩하게 인사하는 세 사람.

아하, 카논(夏音)의 이름도 합쳐서 사계절인 건가.

부모님 작명 센스가 좋네.

"나는 시도 린타로, 누나 친구야. 고등학교 2학년이고……. 잘 부탁해."

"잘 부탁해! 린타로!"

""린타로!""

"……."

냅다 '린타로'냐.

뭐, 상관없지만.

"남자친구라는 오해는 풀었구나."

"그래, 단단히 타일렀어."

그렇게 말하며 엄지를 세우는 카논.

이 반응으로 보아 정말 제대로 주입한 모양이었다.

나는 외동이라 이해할 수 없지만, 아이를 돌본다는 건 정말 힘든 일인 모양이다.

"린타로! 오늘은 누나랑 뭐 하러 왔어?"

"응? 아, 점심 만든다고 했던가."

"점심?!"

점심이라는 말을 듣고 아키야는 눈을 크게 떴다.

"린타로 요리할 줄 알아?"

"음, 뭐. 혼자 살고 있으니까."

"어른이다!"

어째서인지 신이 난 아키야에게 동조하듯 다른 두 아이도 폴짝거리기 시작했다.

"밥이다! 밥!"

"점심! 언니 나 배고파!"

폴짝거리는 아이들을 보며 내가 난감해하고 있었더니 옆에서 카논이 한숨을 쉬었다.

"하아……. 한창 성장기라 밥 하나에도 이런 반응이야. 시끄럽지?"

"하하, 아니. 오히려 많이 먹어줄 것 같아서 고마운데."

"아, 넌 그런 타입이었지……."

그런 대화를 하고 있었더니 조금 전 카논과 동생들을 부르러 갔던 코토네 씨가 거실로 들어왔다.

어째서일까. 조금 피곤해 보였다.

"하아……. 어지럽힐 줄만 알지 치울 줄은 모른다니까. 어휴."

──아하, 아이들이 어지럽힌 물건들을 정리하고 있었던 모양이다.

"엄마, 린타로랑 같이 부엌 쓸게."

"어? 린타로도 같이 저녁을 만들어주는 거니?"

"응, 애가 만드는 요리는 어지간한 가게에서 먹는 것보다 맛있으니까 기대해."

"와, 그거 설레는데?"

과하게 기대하게 만들지 말라고 하고 싶었지만, 뭐 카논이 그런 식으로 말해주는 게 나도 기분이 나쁘지 않았다.

아이들은 코토네 씨에게 맡기고 나는 카논과 함께 부엌으로 향했다.

생활감으로 넘치는 부엌에는 조리도구 세트가 갖춰져 있으며 코토네 씨의 꼼꼼한 성격이 엿보였다.

"그럼 미안하지만…… 만드는 건 전부 맡겨도 돼?"

"오히려 내가 해도 돼? 원래는 네가 만들 예정이었잖아."

"그건 신경 쓰지 마. 나는 딱히 요리를 좋아하는 것도 아니고, 날로 먹을 수 있으면 고맙지."

"아주 대놓고 말하네."

"너에게 숨기는 게 더 부자연스럽잖아."

"그건 그래."

"우선 나는 보조만 할게. 그렇게 손이 많이 가는 게 아니어도 괜찮으니까 아무튼 한꺼번에 만들 수 있는 걸로 부탁해."

"어, 알았어."

어린아이들의 배를 채워줄 메뉴.

그 리퀘스트에 응답할 수 있는 메뉴로 지금 내 머릿속에 떠오르는 요리는 하나뿐.

나는 카논이 사온 재료와 원래 집에 있던 재료를 집어 들었다.

"……아하, 좋은 선택이네."

"그렇지?"

내가 선택한 건 야키소바였다.

이거라면 한꺼번에 볶을 수 있고, 맛도 진하니 어린아이의 입맛에도 잘 맞는다.

게다가 커다란 접시 하나에 수북하게 담아주면 각자 먹고 싶은 만큼 덜어가면 되니 만드는 사람도 수고를 하나 덜 수 있다.

누가 얼마나 먹을지 알 수 없을 때 사용하기도 딱 좋다.

"좋아, 그럼 가볍게 만들어볼까. 카논, 바로 시켜서 좀 미안한데 채소 썰어줘. ……아, 그 전에 애들 편식하는 거 있어?"

"없어. 그것만큼은 쟤들의 자랑거리거든."

"그거 다행이네. 그럼 양배추, 양파, 당근을 썰어줘. 당근은 잘 안 익으니까 얇게."

"알았어. 맡겨줘."

요리를 도와주는 사람이 있다는 건 이럴 때 고맙다.

솔직히 말해서 나는 요리할 때 전부 혼자 하고 싶어 하는 타입이다.

내가 생각해도 귀찮은 집착도 있고 효율 좋게 처리하고 기뻐하는 타입이기도 하다 보니 기본적으로 나에게 부엌은 성역이라고 인식하고 있다.

하지만 이곳은 카논의 집.

남의 부엌에서 그런 걸 주장하진 않고, 오히려 효율이라는 측면에선 내가 발목을 잡을 가능성이 있다.

그래서 이럴 때는 사양 않고 남에게 부탁한다.

어디에 뭐가 있냐는 질문도 자주 해야 하니 결국 도와주는 사람은 많을수록 좋다.

'카논이 채소를 써는 동안……'

나는 면 봉지를 살짝 찢은 뒤 전자레인지에 넣었다.

이렇게 조금 돌려놓으면 잘 풀어져서 볶을 때 번거로움이 줄어든다.

전자레인지에 돌리는 시간은 짧아도 괜찮다.

그동안 불을 켜고 프라이팬에 기름을 둘렀다.

"어, 잠깐만! 아직 채소 덜 썰었는데?"

"괜찮아. 그대로 작업해."

카논이 조급해질 만도 했다.

기본적으로 재료마다 익는 속도가 다르기 때문에 먼저 채소부터 볶는다.

따라서 자기가 아직 작업 중인데도 불을 쓰기 시작한 나를 보고 놀란 거겠지.

하지만 내가 가장 먼저 볶으려는 건 채소가 아니다.

"모처럼 기대해주는데 평범하게 만드는 건 재미없잖냐."

나는 따뜻해진 면을 그대로 기름을 두른 프라이팬에 투입했다.

잘 풀어진 면을 볶으며 한차례 익혀준 뒤, 주걱으로 프라이팬에 짓눌렀다.

치이익하는 소리가 나면서 면이 살짝 눌었다.

이렇게 조금 탄 면에서 느껴지는 구수함이 맛을 더해준다.

'여기에다……'

면을 많이 쓰면 채소도 많이 써야 한다.

카논은 솜씨가 상당히 좋다.

채소의 크기도 균일하게 잘 맞춰서 썰었고, 섬세하지만 느리지 않다.

하지만 작업이 끝날 때까지는 조금 더 시간이 필요할 것이다.

그동안 내가 할 수 있는 건——.

"카논, 냉장고에 있던 소스 써도 돼?"

"어? 되, 되긴 하지만…… 여기 있는 분말 소스는 안 써?"

"응, 소스도 따로 만들려고."

"오…… 그거 기대되네."

나는 냉장고에서 굴소스와 우스터 소스를 꺼냈다.

이 두 개를 조합하고 간장을 살짝 넣어주면 일단 완성.

그러자 카논도 채소를 다 썬 건지 나에게 말을 걸었다.

"다 했어. 이제 뭐 해?"

"일단 면은 불을 끌 테니까 옆에서 양배추부터 볶아줘. 돼지고기 있었지? 그건 마지막에 넣을 거니까 중간에 나와 교대해서 준비해줘."

"알았어."

다른 프라이팬을 꺼낸 카논이 채소들을 볶기 시작했다.

그리고 전체적으로 가볍게 익은 단계에서 나는 카논과 교대해 면에 그 채소를 섞었다.

노릇해진 면을 풀어주면서 채소가 균등하게 섞이도록 휘저었다.

"슬슬 고기 넣을 거야?"

"어, 이리 줘."

"여기 대령이요."

한입 크기로 자른 삼겹살을 넣고 마저 볶는다.

양이 양인 만큼 휘젓기만 해도 팔이 뻐근하다.

하지만 뭐, 여기까지 왔으면 거의 다 끝났지.

"마지막으로 이걸……!"

대강 다 볶은 프라이팬에 방금 만든 소스를 뿌렸다.

그러자 소스가 구워지는 고소한 냄새가 부엌에 퍼져나가기 시작하면서 나와 카논의 위장을 들쑤셔놓았다.

"맛있는 냄새……!"

"그렇지?"

그렇게 소스를 골고루 섞어주면 완성.

커다란 접시에 담은 뒤 카논에게 들고 가라고 시켰다.

"얘들아! 야키소바 다 됐어!"

"""와아아!"""

귀여운 꼬맹이들이다.

거실 방향에서 카논이 가져간 야키소바 그릇을 향해 우당탕탕 모여드는 소리가 들렸다.

하지만 나에게는 아직 할 일이 있다.

카논이 산 재료 중에 있던 달걀을 꺼낸 나는 그걸 여러 개 깬 뒤 섞었다.

"어? 뭘 더 만들려고?"

앞접시를 가지러 온 카논의 질문에 나는 고개를 저었다.

"새 요리는 안 만들어. 이건 야키소바에 덤으로 따라갈 거야."

살짝 기름을 두른 프라이팬으로 얇은 계란지단을 만들었다.

눈치가 빠른 사람이라면 이미 알아차렸겠지.

계란지단을 접시에 올린 나는 그걸 들고 거실로 향했다.

"린타로, 그거 뭐야?"

"나중을 기대해. 우선은 야키소바부터 먹자."

차남 후유키의 질문에 그렇게 대답한 나는 아이들을 자리에 앉 혔다.

그리고 카논, 코토네 씨와 함께 나도 자리에 앉았다.

""""잘 먹겠습니다.""""

다 함께 손을 모아 식전 인사를 하고 젓가락을 들었다.

앞접시에 수북하게 퍼담은 야키소바를 입으로 가져가는 아이들.

그 순간 아이들의 얼굴에서 활짝 꽃이 피었다.

""""맛있어!""""

"오, 그거 다행이네."

아이들이 허겁지겁 야키소바를 먹는 걸 보며 나도 자연스럽게 웃음이 나왔다.

순수함 100%인 아이들의 반응은 역시 마음을 직접 뒤흔들어놓는다.

그때 문득 생각했다.

이 감각은 레이가 내 요리를 먹으며 기뻐할 때와 비슷하다──.

그녀의 순수함은 여기 있는 아이들과 무척 흡사하다.

아니, 뭐. 고등학생이 그래도 괜찮은 거냐 싶기는 하지만.

"아주 맛있어…… 린타로는 정말 요리를 잘하는구나."

"천만에요. 사정이 있어서 혼자 살다 보니 자연스럽게 익숙해진 것뿐이라……."

"그렇구나. 훌륭하네."

코토네 씨는 자상하게 미소 지었다.

아주 이상한 소릴 한다는 자각은 있지만, 그녀는 아주 '어머니'다웠다.

이상적인 어머니라고 해야 할까. 분명 그녀는 자식들에게 무상의 사랑을 쏟고 있을 것이다.

때로는 다정하게, 때로는 엄격하게.

카논의 존재로 미루어 보아 이곳은 가족이라는 개념의 이상 중 하나인 게 틀림없다.

아아── 부럽다.

머릿속에 떠오른 그 감정을 뿌리쳤다.

너무 나답지 않은 감정이다.

오랜만에 망할 아버지를 만났기 때문인지 아직 머릿속이 엉망으로 어지러운 건지도 모른다.

"으…… 자, 이것도 시도해 봐! 이건 이거대로 맛있을 거란 자신이 있거든!"

나는 얇은 계란지단을 사람들 앞에 내려놓았다.

그걸 보고 무언가를 알아차린 듯한 카논은 감탄한 듯 외쳤다.

"아! 이걸 야키소바 위에 올리는 거구나."

"바로 그거야. 오므야키소바라는 거지. 입맛 따라 소스와 마요네즈를 뿌려서 먹으면 돼."

아이들 접시는 내가 대신 각자 소스나 마요네즈를 뿌려주었다.

나도 내가 먹을 야키소바 위에 계란지단을 올리고 소스와 마요네즈를 뿌렸다.

그대로 입에 가져가자 뭐라 말할 수 없는 진한 맛이 입안 가득

퍼져나갔다.

"와아! 이것도 맛있어!"

"마요네즈 좋아!"

"맛있어!"

마음에 든 것 같아 흡족하다.

떠들썩한 점심은 떠들썩하게 이어졌다.

이 사람들과 함께 보내는 시간은 신기하게도 불쾌한 일을 떠올리지 않게 해주었다.

"우와, 졌어……!"

"예! 린타로가 졌다!"

점심을 먹은 뒤에 시작한 트럼프 카드 게임.

아이들 셋과 나라는 조합으로 도둑잡기를 한 결과 세 번째 판에서 마침내 나는 패배를 얻어냈다.

아니, 뭐. 세 사람의 얼굴이 너무 다 보여서 일부러 져준 감이 있긴 하지만.

아무튼 이제 일단락 지을 수 있겠지.

"후우……. 졌으니까 이쯤에서 쉬게 해줘."

"뭐야, 린타로 아저씨 같아."

"너무해…… 다고 하고 싶지만, 고등학생은 너희 체력을 못 따라가는 것 같다. 미안해."

"에이, 어쩔 수 없지."

막내인 하루카의 허락을 받고 나는 트럼프 게임에서 이탈했다.

아직 체력이 넘쳐나는 세 사람은 사이좋게 TV 게임을 시작했다.

나는 아이들에게는 보이지 않는 각도로 작게 한숨을 쉬며 소파에 앉았다.

딱히 심하게 피곤하다고 할 정도는 아니지만 생각보다 정신적으로 지쳤던 모양이었다.

그야 오전에 그런 일이 있었으니 지친 이유는 바로 알 수 있지만.

"수고했어. 미안해, 쟤들 돌보는 것도 맡겨서."

그렇게 말하며 카논이 내 앞에 따뜻한 차를 놓았다.

그리고는 내 옆에 앉았다.

"싫은 건 아니었으니까 괜찮아. 오히려 좋은 휴식이 되었어."

"그래? 그럼 다행이고."

"하지만 이걸 매일 한다고 생각하면 굉장히 힘들 것 같아. 좀 얕봤던 건지도 몰라."

나도 장래에는 아이가 생길지도 모른다.

그때 육아는 전업주부가 된 내가 주로 담당하게 된다.

분명 갓난아기는 더 손이 많이 가겠지.

기본적인 집안일을 할 수 있게 되었어도 육아는 실제로 아이가 생길 때까진 결국 아마추어.

그런 의미에선 미리 마음의 준비를 할 수 있었던 것만으로도 고마웠다.

게다가──.

"셋 다 아주 착하더라. ……조금, 아니, 많이 건방지지만."

"뭐 그렇지."

카논은 게임에 빠져있는 아이들을 보며 쓴웃음을 지었다.

어린아이는 건방진 게 딱 좋다.

언제나 씩씩한 게 최고다.

······이건 너무 늙은이 같았나?

"그러고 보면 아버지는 부동산업자라고 하셨던가? 오늘도 일하러 가셨어?"

"어, 아빠? ······레이 녀석, 설명이 그게 뭐야."

"? 무슨 뜻인데?"

"정확하게는 부동산을 보유한 사람이야. 부동산업자라고 하면 중개업자를 가리키지만, 그런 사람들은 건물주와 세입자를 연결해주는 일이 메인이니까 실제로 건물을 마음대로 굴릴 수 있는 건 아니잖아. 하지만 아빠는 건물의 권리를 직접 갖고 있으니까 마음대로 사람을 골라서 집을 빌려줄 수 있어."

"즉 그 맨션은 네 아버지 소유라는 거야······?!"

"지금까지 몰랐구나······."

레이 녀석. 조금 망신당했잖아.

"애초에 그 맨션의 소유권을 갖고 있다니······. 너희 아버지, 수입이 대단하네."

"뭐 그렇지. 아빠는 전 세계를 돌아다니는 카메라맨이야. 석 달에 한 번 계절이 바뀔 때 돌아와. 피사체는 아름다운 풍경이나 그 나라에서 사는 사람들······ 뭐 그런 '국가의 특색'이 뚜렷한 사진이란 느낌."

그렇게 말하며 카논은 거실에 놓인 책꽂이 안에서 책자를 하나 꺼냈다.

"그리고 돌아올 때마다 이런 식으로 모아서 출판해. 꽤 인기 많다?"

"오……."

"솔직히 안정적인 직업은 아니니까 돈이 있을 때 투자 삼아서 건물을 사놓는 거래. 그래서 부동산을 몇 개 갖고 있나 봐."

사진집을 받은 나는 페이지를 팔락팔락 넘겼다.

나는 사진에 대해서는 잘 모른다.

아르바이트하는 곳인 만화가 유즈키 선생님의 작업실에는 배경 자료로 이런 사진집이 많이 놓여 있지만, 아직 주요 전력으로 활약하지 못하는 나는 자잘한 잡일에 쫓겨 자료를 읽어 보지도 못했다.

하지만 이 사진집에는 그런 문외한인 내 마음도 움직이는 무언가가 있었다.

자연의 웅장함, 그 지역에 사는 사람들의 따스한 미소.

페이지를 넘길수록 세상이 얼마나 넓은지, 신비로운지 전해진다.

평범한 사진과는 차원이 다르다는 게 지식과는 별개의 부분에서 이해할 수 있었다.

"대단한데……. 이유는 모르겠지만 그냥 사진이 아닌 것 같아."

"나도 피사체로 찍히는 건 익숙하지만 이런 사진은 전혀 모른단 말이지. 그래도 정말 좋아해."

"……."

나와 함께 사진집을 들여다보는 카논.

그 얼굴은 어딘가 기쁨에 차서, 보물을 앞에 두고 있는 것 같았다.

"아이돌이 되려고 한 것도 아빠의 영향이거든. 자기가 찍은 사진으로 누군가의 마음을 움직이는 것처럼 나도 내가 쌓아 올린 무언가로 남의 마음을 움직이는 일을 하고 싶었어."

"……뭔가, 좋네. 그런 거."

"그, 그래?"

"어. 굉장히 훌륭해."

아쉽게도 나한테는 카논 같은 강한 뜻은 없다.

그렇기에 카논도 레이도 미아도. 다들 내 눈에 반짝반짝 빛나 보인다.

그렇기에 매력적으로 느껴진다.

"네, 네가 순순히 칭찬해주니까 이상한 느낌이네."

카논은 쑥스러워하면서 사진집을 살며시 덮었다.

나는 그 모습을 멍하니 바라보았다.

"……왜?"

"아, 아니……."

내 안에 떠오른 의문을 한 번 붙잡았다.

하지만 지금이기 때문에 물어봐야 하는 게 아닐까——.

"저기, 카논."

"……?"

"너는 아버지를 좋아해?"

"뭐?"

내 질문에 카논은 이해할 수 없다는 표정을 지었다.

다만 그녀는 이미 내가 지금 처한 상황을 알고 있다.

그래서 바로 내 질문의 의도를 파악하고 질린다는 듯 한숨을 쉬었다.

"딱히 좋지도 싫지도 않아."

카논은 내 눈을 똑바로 바라보며 그렇게 단언했다.

"좋다거나 싫다거나, 그런 감정이 가족에게 필요해?"

"어⋯⋯?"

"가족은 가족이야. 좋든 싫든, 우리가 아이인 한 지금 아빠와 엄마의 자식이라는 건 바꿀 수가 없는걸. 나는 가족이라는 관계는 생각보다 더 강한 고리로 이어져 있다고 봐."

"⋯⋯."

정론── 아니, 이건 어디까지나 카논의 생각이라는 걸 이해하고 있는데도 나는 반론의 여지를 찾을 수가 없었다.

그 주장을 받아들인 건 아니다.

나는 카논과 의견을 교환할 수 있을 만큼 '가족'이란 어떤 관계인지 모른다.

그게 조금 슬펐다.

"네가 네 아버지에게 좋은 감정이 없다는 것 정도는 알지만, 확실하게 '싫다'는 감정인 거야?"

"뭐, 뭐야. 그 질문은⋯⋯."

"싫다고 말할 수 있을 만큼 너는 그 사람에 대해 알아?"

"!"

흠칫 숨을 삼켰다.

나는 아버지의 무엇을 알고 있을까.

집을 방치하고, 어머니가 도망쳤다.

그리고 나를 회사의 후계자로 삼으려고 한다――.

――정말로?

정말로 아버지는 나를 후계자로 삼으려고 하나?

한 번이라도 나에게 뒤를 이으라고 말했던가?

그 인간의 태도를 보고, 주변 환경을 보고 멋대로 그렇게 인식하고 있었던 거라면…… 나는 지금까지 대체 무엇을――.

"자, 잠깐! 나 뭐 잘못 말했어?! 갑자기 조용해지지 마!"

"어, 어어……. 미안."

눈앞에서 카논이 당황했다.

내 기분이 상한 게 아닌지 걱정된 모양이었다.

그 부분은 확실하게 부정하면서 나는 다시 생각했다.

아버지가 나를 잘 모르는 것과 마찬가지로 나도 생각보다 아버지에 대해 잘 모른다.

앞으로 아버지와 또 대면하는 건 전혀 원하지 않지만, 제대로 확인하는 건 필요한 것 같은 느낌이 든다.

해야 할 일이 명확해지자 나는 간신히 내가 놓인 상황을 냉정하게 파악할 수 있게 되었다.

　현재 내 적이라고 부를 수 있는 존재는 아버지나 회사가 아니라 아마도 텐구지 유즈카다.

　그 녀석은 나를 약혼자로 삼아서 회사에 공헌하려고 한다.

　그 목적을 이루기 위해서 온갖 수단을 사용할 가능성이 크다.

　'수단 중 하나로 가장 유력한 건 협박…… 인가.'

　내 약점을 쥐고 시키는 대로 따르게 한다.

　물론 범죄지만, 그 텐구지 그룹이 재판소에서 굳이 싸우는 상황은 만들지 않을 것이다.

　텐구지 그룹에게 대항하기 위해서는 시도 그룹의 힘이 필요해지는 건 당연하다.

　하지만 나는 아버지의 힘을 빌리고 싶지 않다.

　그렇다면 애초에 협박할 약점을 잡히지 않도록 할 수밖에 없다.

　'내 약점…….'

　그런 건 하나뿐이다.

　대인기 아이돌 그룹, 밀피유 스타즈의 레이와의 관계.

　현재 그 정보를 아는 사람은 한정적이지만, 텐구지 그룹이 진지하게 나를 조사하게 된다면 밝혀질 가능성은 상당히 커 보인다.

　그렇다면 내가 해야만 하는 일은──.

　"……뭔가 생각이 정리된 모양이네."

　"어, 카논 덕분이야. 머리가 개운해졌어."

　"흐응, 그런 거라면 고마워해도 되는데."

　"고마워, 카논. 너는 정말 좋은 여자야."

"뭣……?!"

이상하게 민망해하는 카논을 무시하고 나는 각오를 다졌다.

무슨 일이 있든 '시도 린타로'를 마음대로 이용하는 것만은 용서하지 않는다.

지금 움직이는 이유는 그것만으로도 충분하다.

"어라, 벌써 돌아가니?"

"네, 꽤 오랫동안 실례했으니까요."

"실례라니 전혀……. 오히려 밤까지 있어도 괜찮은데."

돌아갈 준비를 마친 나는 코토네 씨와 아이들에게 인사했다.

코토네 씨는 밤까지 있으라고 말해주었지만 밖은 이미 상당히 어두워진 상태다.

겨울이 가까워진 이 시기는 역시 해가 일찍 저문다.

이 이상 오래 있다간 돌아가는 길이 캄캄해질 테고, 어쩐지 그건 피하고 싶었다.

"엄마, 린타로는 지금 혼자 사니까 집에 돌아가서 해야 할 일이 아주 많아. 너무 붙잡으면 미안하지."

"으음…… 그렇겠네."

"이 김에 나도 같이 돌아갈게. 같은 맨션이니까."

"어? 카논도? 그럼 섭섭하잖아."

"또 온다니까. 혼자서 애들 돌보는 것도 힘들지?"

"음, 그건 뭐……."

코토네 씨는 쓴웃음을 지었다.

카논은 나와 같은 맨션으로 돌아가는 건지 이미 준비를 끝내놓았다.

나는 카논 옆에서 신발을 신고 한 번 복도를 돌아보았다.

"또 와! 린타로!"

"또 놀러 와!"

"또 만나!"

"그래, 또 보자."

아이들에게 손을 흔든 뒤 나는 카논과 함께 집을 나섰다.

바깥은 저녁놀이 지기 시작해 제법 선선한 공기가 감돌았다.

어영부영 이렇게 되었다고는 하나 카논과 같이 돌아가는 건 나쁘지 않은 판단인 건지도 모른다.

일찍 어두워지니까 여자애 혼자 귀가하게 만드는 것보다는 훨씬 나은 상황이다.

"그 애들, 완전히 린타로와 친해졌네. 이거 다음에 또 오지 않으면 진짜로 삐지겠어."

"그렇게 자꾸 남의 집을 찾아가도 되는 거냐……?"

"평소 집에 없는 나는 그렇다 쳐도, 엄마나 애들은 좋다고 하니까 괜찮지 않아? 오히려 내가 돌아갈 때마다 매번 데리고 갈까."

"하하, 가족에게 남자친구를 소개하고 싶어 하는 여자애처럼 들린다?"

"윽……."

내가 생각 없이 던진 한마디를 들은 순간 카논은 갑자기 발을

멈췄다.

신경 쓰여서 뒤를 돌아보자 카논은 조금 전과 마찬가지로 이상하게 민망해하는 태도를 보여주고 있었다.

뭐지. 영 어색하네.

"왜 그래? 아까부터."

"아니…… 그, 너 진짜 유죄다 싶어서."

"뭐?"

"──야."

카논의 눈은 나를 똑바로 응시하고 있다.

그 눈을 보고 나는 분위기가 바뀐 걸 눈치채고 말았다.

"너…… 레이를 어떻게 생각해?"

"……."

바람이 불어 카논의 트윈테일이 흔들린다.

나는 바로 대답을 돌려줄 수 없었다.

조금, 또 조금 시간이 흐르고 나는 간신히 입을 열었다.

"글쎄. 그런 건 모르겠는데."

"모르겠다니……. 너 진심으로 하는 말이야? 두 사람의 태도를 보면 나도 대충 느끼는 게──."

"모르는 건 몰라. ……눈치채지 않으려고 한다는 게 정확할지도 모르지만."

"……."

눈치채지 않으려고 한다.

내가 말해놓고 좀 그렇지만, 그건 핵심을 날카롭게 찌르고 있었다.

변명에 불과하지만 애초에 레이는 국민 아이돌이라고 불릴 정도로 비주얼이 대단한 여자.

그런 그녀와 거의 매일 얼굴을 보며 공동생활을 하다 보면 마음이 흔들리지 않는 게 더 이상하다.

나는 어쩌면 레이에게 끌리고 있는 건지도 모른다.

다만 그 감정을 파고들수록 괴로워지는 건 나다.

오토사키 레이에게, 밀스타의 레이에게 남자의 그림자가 있으면 안 된다.

레이의 꿈을 지키기 위해서도, 나라는 존재는 최악의 사태가 일어났다고 해도 변명할 수 잇는 위치에 있어야만 한다.

그래서 아무 생각도 하지 않으려고 한다.

그건 레이만이 아니라 미아에게도, 카논에게도 마찬가지다.

다른 사람의 꿈을 망가트렸을 때, 분명 나는 세상에서 가장 후회한다.

이 녀석들과 만나지 말 걸 그랬다고——.

그렇게 되는 것만은 죽어도 싫었다.

"……흐응, 그럼 딱히 레이를 좋아한다고 단언할 수 있는 건 아니네?"

"어? 어, 뭐, 그렇게 되지."

"뭐야, 그런 거라면 물러나기에는 아직 일렀잖아. 괜히 포기하려 했어."

그런 말을 하며 카논은 나와의 거리를 한 걸음 좁혔다.

"이미 정해진 일에 굳이 끼어드는 짓은 꼴사납다고 생각했는데, 그런 게 아니라면 사정이 달라지지."

"……무슨 소리야?"

"아무것도 아니야. 언젠가는 알게 될 테니까 너는 신경 쓰지 않아도 돼."

카논은 어째서인지 득의양양한 얼굴로 나와의 거리를 한층 더 좁혔다.

그리고 내 입에 자신의 검지를 대고 장난스럽게 웃었다.

"선전포고야! 린타로!"

"그러니까…… 뭔데."

"후후! 그래, 포기하다니 나답지 않았어. 역시 원하는 건 억지로라도 손에 넣어야지!"

"……?"

전혀 따라잡을 수 없다.

하지만 카논 안에서는 이미 무언가가 시작되고 완결까지 가버린 듯했다.

아무리 찔러도 지금 무슨 이야기를 하는 건지 알려주지 않을 모양이다.

"뭘 멍하니 있는 거야, 린타로. 빨리 돌아가자!"

"어, 어어……."

카논에게 팔을 붙들린 채 나는 자택을 향해 다시 걸어갔다.

일단 이렇게 나와 둘이 있는 건 상당히 위험한 상황이기도 한데, 이해하고 있긴 한 건가?

——뭐, 카논이니까.

분명 그런 점도 꼼꼼하게 대비해놨겠지.

실제로 주변에는 인기척이 거의 없고 카논도 최소한의 변장은 했다.

이런 프로정신이 투철한 점은 역시 카논이라는 아이돌의 매력이다.

카논과 결혼하는 남자는 단단히 휘어 잡히면서도 안정적인 생활을 보낼 수 있겠지.

그건 참, 부럽구나.

린타로가 뛰쳐나간 후, 시도 그룹 본사.

사장실에서 서류 작업을 하고 있던 시도 유타로는 문득 데스크 위에 놓인 디지털 시계에 시선을 보냈다.

그가 업무에 임하는 시간은 분 단위로 정해져 있다.

시간상 곧 휴식 시간이 다가오고 있으나, 여느 때보다 처리 속도가 느리다는 사실에 그는 얼굴을 찌푸렸다.

물론 원래 여유를 두고 스케줄을 짜기 때문에 다소 늦어져도 지장은 없다.

하지만 평소와 다른 일이 일어났다는 사실이 그를 조금 곤혹스럽게 했다.

그런 상황에서 갑자기 사장실 문을 노크하는 소리가 들렸다.

"음⋯⋯, 들어와라."

"실례합니다, 사장님."

"소피아인가."

비서인 소피아가 입실하자 유타로는 고개를 들었다.

"텐구지 유즈카 님께서 돌아가셨습니다. 앞으로 이뤄질 그룹 간의 연계를 원활하게 진행하기 위하여 몇몇 부서와 접촉했던 모양입니다."

"그런가. 저쪽의 제안이 유익하다고 판단한 경우에는 알아서 진행하라고 각 부서에 전달해놓도록. 개별 사업은 나보다 각 부서의 리더가 더 자세히 알겠지. 수락 여부는 현장의 판단에 맡긴다."

"알겠습니다."

텐구지 그룹과의 업무 제휴에 대하여 생각하던 유타로는 작게 한숨을 쉬었다.

기능을 중시한 오피스 체어에서 일어나 저물어가는 저녁놀이 보이는 커다란 창문 앞에 섰다.

"⋯⋯지금 텐구지 그룹의 실적은 하향곡선을 그리고 있다고 했었지."

"네. 적어도 저희 회사가 먼저 나서서 업무 제휴를 요청할 정도의 그룹은 아닌 것으로 보입니다."

"굳이 린타로와 약혼하러 온 것은 우리의 기반에 매달리기 위해서인가."

일반적인 관점에서 본다면 텐구지 그룹은 말 그대로 대기업.

실적이 내려가고 있다고는 하나 그건 어디까지나 항상 실적을 늘리고 있는 시도 그룹에서 봤을 때의 평가일 뿐, 아직 국내 유수의 기업이라는 건 변함이 없다.

하지만 10년, 20년.

말 그대로 유즈카나 린타로의 세대가 되었을 때 같은 선상에 있을 수 있냐고 묻는다면 그렇지 않다.

시도 그룹은 텐구지 그룹이 필요하지 않지만, 텐구지 그룹에서 시도 그룹이 필요한 이유는 명확하게 존재하는 셈이다.

"……비서라는 입장에서 드릴 말씀은 아니나, 역시 텐구지 그룹과 업무 제휴하는 것은 우리 회사에도 어느 정도 이익을 가져올 가능성이 크다고 봅니다. 이쪽에서 매달릴 정도는 아니라고 말씀하셨으나 저쪽에서 우리 회사에 업무 제휴를 요청한다면 좋은 기회입니다. 린타로 님께도 조금 더 협력해달라고 부탁드려보는 것은——."

"그건 필요 없다."

"……!"

자신의 제안이 순식간에 기각당하자 소피아는 입을 다물었다.

"……주제넘은 발언을 용서해주십시오."

"그래. ……오늘은 이만 퇴근하도록. 나머지는 전부 내가 해놓겠다."

"사장님보다 먼저 퇴근할 수는 없습니다."

"……."

유타로는 자신의 명령을 따르지 않는 사원을 일별했다.

반면 소피아는 유타로 쪽을 똑바로 바라보며 당당한 태도로 나갔다.

이렇게 되면 꼼짝도 하지 않을 생각이다.

무슨 말을 해도 소용없다고 판단한 유타로는 그녀에게 등을 돌린 채 작게 한숨을 쉬었다.

카논의 집에 간 날로부터 이틀이 지났다.

오늘은 레이가 로케에서 돌아오는 날.

내가 볼일을 마치고 이미 집에 돌아왔다는 건 그녀에게 말해놓았다.

이틀 만에 내가 차린 밥을 먹을 수 있다며 신이 난 레이를 기쁘게 해주고자 오늘은 평소보다 더 정성이 들어간 요리를 만들 생각이다.

"으음…… 느낌 좋고."

나는 간을 보던 작은 접시에서 입을 떼고 그렇게 중얼거렸다.

오늘의 메뉴는 비프 스튜.

데미그라스 소스를 베이스로 한 본격적인 비프 스튜를 만들어 보았다.

물론 가게에 나오는 것과는 비교가 되지 않을 만큼 간단하게 생략했지만, 시판 비프 스튜 루를 사용한 것과 비교하면 조금은 본격적이라고 할 수 있다. ……아마도.

데미그라스 소스에 토마토 페이스트와 콩소메와 레드 와인을 넣어 오리지널 소스를 만들었다.

건더기는 소 넓적다리 살, 감자, 당근, 양파, 브로콜리 등.

한 번 전체적으로 볶아서 대강 익힌 뒤 그걸 소스에 넣고 감자가 부드러워질 때까지 보글보글 끓인다.

간은 소금, 후추로 조절하면서 마늘을 너무 튀지 않을 정도로만 살짝 넣자 식욕을 절묘하게 자극하는 냄새가 주위에 진동했다.

특히 신경 쓴 부분을 살짝 꼽아보라면, 건더기를 볶을 때 버터를 사용한 점일까.

이러면 감칠맛이 나와서 스튜의 맛이 한층 농후해진다.

마지막으로 건더기에 맛이 더 스며들도록 한 시간 정도 재워놓고 완성.

"어, 슬슬 시간 됐나."

레이에게서 곧 도착한다는 라인이 왔기 때문에 식기를 준비하기 시작했다.

이미 비프 스튜는 다 데워놨으니 언제든 먹을 수 있다.

같이 먹기 위해 준비한 바게트도 입에 넣기 쉽도록 얇게 잘랐으니 준비는 완벽하다고 할 수 있다.

그렇게 돌아다니는 사이에 현관문이 열리는 소리가 들리더니 조심스러운 발소리가 거실로 다과았다.

"——다녀왔어, 린타로."

"오냐, 어서 와."

거실에 들어온 레이는 나를 보고는 기뻐하는 표정을 지었다.

고작 이틀 정도만 떨어져 있었는데 그렇게 내가 보고 싶었는지고. 기특한 녀석. ……농담은 이쯤하고.

"손 씻고 와. 이미 밥해놨으니까."

"응. ……냄새 좋다."

"비프 스튜야. 맛은 보장하마."

"기대된다. 잠깐 기다려."

그렇게 말한 뒤 레이는 세면실 쪽으로 발을 옮겼다.

역시 레이와 대화하는 건 어딘가 마음이 차분해진다.

혼자 있을 수밖에 없었던 어제는 다시 조금 불안이 커졌지만, 그것도 레이의 얼굴을 보자 날아가 버렸다.

이런 식이라면 식사 후에 말하려고 했던 것도 분명 잘 전달할 수 있겠지.

"손 다 씻었어. 가글도 했어."

"좋아, 위는 비어있고?"

"물론이지. 꼬르륵."

"그럼 앉아서 기다려. 바로 준비할 테니까."

레이를 앉힌 나는 비프 스튜를 접시에 담았다.

마지막으로 가볍게 파슬리를 뿌린 뒤 그걸 레이 앞으로 가져 갔다.

"와, 본격적이다."

"맛도 나름 비슷할 거야."

나는 한 번 부엌으로 돌아가 내가 먹을 비프 스튜와 간단하게 만든 샐러드를 들고 테이블에 놓았다.

그리고 나와 레이 사이에 바게트를 두자 준비 끝.

우리는 손을 모으고 식사를 시작했다.

""잘 먹겠습니다.""

레이가 비프 스튜를 숟가락으로 떠서 입으로 가져갔다.

이 요리를 만든 사람으로서 상대방의 첫입은 무심코 관찰하게 된다.

흐물흐물 풀어진 고기와 함께 비프 스튜를 입에 넣은 레이는 바로 눈을 빛내기 시작했다.

"맛있어!"

"그거 다행이네."

"고기가 아주 부드러워……! 흐물흐물해서 맛있어."

그런 감상을 끝으로 레이는 식사에 열중했다.

처음처럼 숟가락으로 떠먹기도 하고, 바게트와 같이 먹기도 하고.

그 모습을 보며 나는 역시 참을 수 없는 기쁨을 느낀다.

"아직 더 남아있으니까 먹고 싶으면 말해. 아, 그리고 일단 밥도 레토르트이긴 하지만 준비했으니까 먹어보고 싶으면——."

"먹을래."

"……오냐."

밥과 엮이면 레이는 항상 탐욕스럽다.

……식탐이라고 할 정도까지는 아니고.

뭐, 그건 제쳐놓고. 나는 레이의 그릇에 스튜를 추가로 담은 뒤 전자레인지로 레토르트 밥을 데웠다.

밥이 비프 스튜에 안 어울린다는 법칙은 없다.

햄버그로도 밥을 먹을 수 있는 이상, 같은 데미그라스 소스가 기반인 요리니까 안 맞을 리가 없다.

물론 내 입맛이 그렇다는 거고, 바게트 파를 부정할 마음은 없다.

어쨌거나 맛있으면 그만이다.

다만 크림 스튜를 밥과 같이 먹는 감각은 나도 잘 모르겠다.

하얀색에 하얀색을 더하면 전부 하얀색이잖아.

──헛소리에 물이 올랐군.

"옛다, 스튜랑 밥."

"고마워."

내가 만든 요리는 눈 깜짝할 사이에 레이의 위 속으로 사라졌다.

이미 내 몫의 식사를 마친 나는 그걸 바라보면서 작게 미소 지었다.

"잘 먹었습니다."

"어, 고마워."

식사를 마친 뒤 레이가 쉬는 동안 나는 우리가 사용한 식기를 설거지했다.

우리가 마음에 들어 하는 아늑한 시간.

그런 소중한 시간에 나는 지금부터 어울리지 않는 화제를 투하해야만 한다.

"레이, 잠깐 괜찮아?"

"응?"

스마트폰을 보고 있던 레이에게 말을 걸자 그녀는 바로 고개를 들었다.

그리고 스마트폰을 테이블 위에 놓고 나를 향해 몸을 돌렸다.

"할 말 있어?"

"어, 좀 중요한 이야기야."

우선 나는 나에게 일어난 일을 숨김없이 레이에게 설명했다.

시도 그룹의 부름을 받아서 갔더니 텐구지 그룹의 딸인 텐구지 유즈카와 약혼하란 말을 들었다.

혼담 자체는 거절했지만 텐구지 유즈카는 무슨 수단을 써서라도 나를 약혼자로 삼으려 한다.

그리고——.

"우리 관계가 약점이 된다고……?"

"그래, 그럴 가능성이 커."

두 사람 사이에 긴장이 퍼졌다.

지금까지 같이 지내놓고 이런 말을 하기는 조금 그렇지만, 우리 관계가 세간에 들통나지 않은 건 기적에 가깝다.

레이가 밖에서는 변장으로 정체를 숨기긴 해도 조심성이 없다고 느끼는 순간이 여러 번 있었다.

그리고 그건 나도 마찬가지.

방심할 생각은 없지만 적응이란 본래 무시무시하기 마련이라, 주위를 경계하는 순간이 줄어들었다고 느낀다.

늦든 이르든 우리는 다시금 긴장의 끈을 조일 타이밍이 필요했다.

"……미안해. 나 때문에 폐를 끼쳐서."

"폐라고 생각한 적 없고, 아직 폐가 된다고 정해진 것도 아니야. 그래서 나는 어떻게 하면 돼?"

"레이가 딱히 무언가를 할 건 없지만, 나는 당분간 이 맨션에 거리를 두려고 해."

"어……?"

레이의 표정이 전에 없이 딱딱해졌다.

갑자기 이런 말을 들었으니 무리도 아니다.

"잠시 유즈키 선생님에게 부탁하려고. 얼마나 걸릴지는 모르지만 우선 사태가 진정될 때까지는——."

"……싫어."

"어?"

레이가 불쑥 일어났다. 나는 놀란 나머지 굳어버렸다.

"린타로와 떨어지는 건…… 싫어."

"윽……."

레이의 눈은 당장에라도 울음을 터트릴 것처럼 젖어 있었다.

이런 표정, 나는 아직 본 적이 없다.

얼굴을 감싼 레이가 현관을 향해 달려갔다.

"레이……!"

"——미안, 잠시 머리 식히고 올게."

그 말을 남기고 그녀는 집에서 나가버렸다.

반면 나는 그 자리에서 움직이지 못했다.

마치 발이 바닥에 박혀버린 것 같은, 그런 감각.

뇌가 정보를 다 처리할 때까지 나는 그저 가만히 있을 수밖에 없었다.

잠시 후 조금 침착해진 나는 레이의 뒤를 쫓아가기로 했다.

레이가 뛰쳐나간 이유는 모른다. 알면 안 된다.

내가 알 수 있는 건, 이대로 내버려 두면 안 된다는 것뿐.

돌발 사태에 얼어버리는 건 내 나쁜 습관이다.

앞으로는 개선해야지── 같은 건 나중으로 미루고.

'젠장……! 레이가 나가고 얼마나 지났지?!'

스마트폰에 표시된 시각을 보면 2분 정도는 허둥거렸던 것 같다.

벽에 걸어놓았던 겉옷을 낚아채고 실내복 위에 걸친 뒤 레이를 쫓아갔다.

하지만 현관에서 뛰쳐나가려고 한 순간 갑자기 실내에 인터폰이 울렸다.

"윽, 이럴 때……!"

처음엔 무시하려고 했지만 바로 위화감을 눈치챘다.

이 맨션은 오토록.

먼저 맨션 부지 안에 들어오기 위한 문이 있으므로 외부에서 온 사람은 처음엔 그 문을 열어달라고 하지 않으면 거주자를 만날 수 없다.

그리고 거주자들의 각 집에도 개별 인터폰이 달려있지만, 오토록과 별개인 인터폰 소리는 각자 다르다.

지금 들린 건 내 집 앞에 있는 인터폰 소리다.

즉 현관 앞에 누군가가 있다는 소리.

레이가 돌아온 건지도 모른다──.

그렇게 생각한 나는 바로 현관문을 열었다.

"레이?!"

"……미안해, 레이가 아니라서."

"어? 아…… 미, 미아?"

현관 앞에 있던 건 편안한 차림의 미아였다.

그리고 그 옆에는 익숙한 빨간 머리가 서 있었다.

"잠깐 실례할게, 린타로."

"아니……! 잠깐만! 난 지금부터 레이를 찾으러──."

"그 일로 할 말이 있으니까 빨리 안으로 돌아가."

"……윽."

카논이 가슴을 떠밀어 나를 집 안으로 되돌렸다.

그렇게 나는 사정을 이해하지 못한 채 갑자기 찾아온 두 사람에 의해 거실 소파에 앉게 되었다.

"먼저 이것만은 말해둘게. 레이라면 지금은 걱정하지 않아도 돼. 내가 편의점에서 돌아오는 길에 우연히 복도에서 마주쳤거든. 상태가 이상하길래 일단 내 집에서 쉬라고 했어. 본인도 자기 감정에 휘둘려서 혼란스러운 상태였던 것 같았거든."

"그, 그렇구나……."

"나와 카논은 왜 레이가 그런 상태가 된 건지 물어보러 온 거야. 괜찮다면 들려주지 않겠어?"

미아와 카논의 시선이 나에게 박혔다.

괜찮다면 들려주지 않겠냐고 말은 했지만 두 사람은 나에게서 사정을 들을 때까지 돌아가려 하지 않을 것이다.

냉정해진 머리로 생각하면 이 문제는 두 사람과도 관련이 있다.

나는 아까 레이에게 한 말을 숨김없이 알려주기로 했다.

"……그래, 그때 머리가 개운해졌다고 했던 건 레이에게서 떨어진다는 선택지를 떠올렸기 때문이구나."

"어, 맞아."

"그런 거라면…… 에잇!"

"으악?!"

갑자기 내 이마에 카논의 꿀밤이 작렬했다.

생각지도 못한 통증에 동요하고 있었더니 카논은 내 멱살을 잡고 얼굴을 바싹 들이밀었다.

"네가 하려는 짓은 아마 틀리지 않았고, 우리도 솔직히 그렇게 해주는 건 굉장히 고마워. 인터넷이 불바다가 될만한 요소는 하나라도 적은 게 안심이니까. 하지만……."

"……."

"사람의 마음이라는 건 복잡하다고. 레이도 네 계획이 틀리지 않았다는 것 정도는 알아. 하지만 감정이 그걸 받아들이고 싶지 않다고 주장하니까 머리와 마음이 뒤죽박죽으로 꼬여서 괴로운 거라고. 지금 그 꿀밤은 레이를 아프게 했으니까 주는 벌이야. 다행이네, 네 생각이 틀리지 않아서. 만약 틀린 생각이었다면 꿀밤으로는 안 끝났을 테니까."

"……어."

내가 의연히 받아들인 걸 보고 카논은 손을 놓았다.

내 생각 자체는 틀리지 않았다.

그 사실이 토대가 되어 나는 그제야 상황을 올바르게 이해했다.

"마지막으로 이것만……. 너는 잘못한 거 없어. 화풀이해서 미안해."

"……아니, 오히려 고마워."

나는 내가 똑똑하다고 생각하지 않고, 생각할 수도 없다.

허세를 부리며 어른스럽게 행동하기는 해도 정말 어른인 것도 아니다.

나는 아직 '배우는' 중이다.

올바름만이 모든 것을 해결한다는 보정이 없다는 걸 오늘 알게 되었다.

"나는 아직 모든 사정을 들은 건 아니지만 네가 잘못하지 않았다는 것 정도는 알아. 그리고 레이도, 나나 카논도 나쁘지 않아. 나쁜 건 네게 닥친 부당함이잖아? 네가 그걸 어떻게든 하고 싶어 한다면 우리도 협력하고 싶어."

"그건…… 고맙긴 한데."

하지만 실제로 거리를 두는 것 말고 다른 방법이 존재할까?

레이, 혹은 미아든 카논이든 내가 그녀들과 같이 있는 모습이 사진으로 찍히지 않도록 하는 것뿐이라면 서로 조율해서 조심한다는 걸로 가능할지도 모른다.

하지만 같은 맨션에 사는 이상 아무래도 물리적인 거리를 계속 얼버무리는 건 어렵다.

하굣길에 같이 돌아간다거나, 아침에 맨션에서 나오는 시간이 겹치는 것도 위험하니까.

매일 조마조마해하며 사는 건 절대로 건전하지 않다.

"우선 레이도 불러서 넷이서 대화하지 않을래? 우리도 복잡한 이야기가 되면 공유하기 어렵고, 레이도 혼자 빠지는 건 싫을 테니까."

"그렇겠네……."

"린타로. 물론 네가 데려올 거지?"

"……알았어."

미아는 나와 레이에게 대화할 시간을 주려고 한다.

나도 의도를 이해하고 그 기회를 잡기로 했다.

"이것만은 머리에 콱 박아둬, 린타로. 두 사람 사이에 무슨 사정이 있었든, 어떤 관계였든 여자를 울리면 남자가 지는 거야."

"너무 부당한 논리 아니냐, 카논."

"세상은 원래 부당하잖아?"

"……어, 그러게."

나는 쓴웃음을 흘리며 내 방을 뒤로했다.

그래, 이 세상은 부당하다.

레이의 감정도, 이 두 사람의 감정도, 텐구지의 생각도, 그리고…… 내 감정과 생각도.

모두 각각 상대방이 보기에는 부당함 덩어리.

새삼 그 사실을 이해한 내가 할 수 있는 일이라고는, 주변에 휘둘리지 않도록 내 부당함이 꺾이지 않게 노력하는 것뿐이다.

◇ ◆ ◇

레이는 미아의 집에 있다.

집에서 나온 나는 그대로 미아의 집 인터폰을 눌렀다.

"……."

잠시 침묵이 흐른 뒤 천천히 현관문이 열렸다.

"린타로……."

"음, 아까는 미안."

나는 레이에게 머리를 숙였다.

공용 구역인 복도에서 머리를 숙인다니 조금 민폐일지도 모르지만, 이 층은 우리만 사용하는 곳이니까 관대하게 넘어가 달라고 하자.

"린타로는 잘못 없어……. 오히려 내가 흥분해서 미안해. 지금 힘든 건 린타로인데."

"확실히 뭐, 내가 처한 상황은 좋다고는 할 수 없지만…… 나한테는 그런 상황일 뿐 남이 보면 배부른 투정일지도 모르고."

텐구지 유즈카는 남자의 눈으로 봤을 때 탁월한 미소녀.

하늘의 축복을 받은 사람이라고 할까.

그 미모는 밀스타 세 사람과 비교해도 뒤처지지 않는다.

그런 그녀와 약혼할 수 있다면 무조건으로 달려드는 남자는 제법 있을 것 같다.

"하지만 나는 지금 이 상황에서 탈출하고 싶어. 그러니까……레이, 너도 협력해줘. 앞으로도 계속 같이 있기 위해서."

"......!"

멀어지고 싶지 않으니까 지금은 거리를 둔다는 것도 선택지에 넣는다.

골치 아픈 소리로 들리지만 단순하다.

협력. 이게 중요하다는 느낌이 든다.

"......응, 알았어. 린타로를 위해서라면 협력할게."

"그래......, 고마워."

"나는 린타로와 계속 같이 있고 싶어. 오래오래 같이 있고 싶어. 그러니까 지금 떨어져야만 하게 된다고 해도 그게 미래를 위해서라면 받아들일게."

그렇게 대답하는 레이의 눈은 이미 각오가 단단해진 것처럼 보였다.

그런 그녀를 보고 내 가슴에 무언가 뜨거운 것이 치밀어 올랐다.

"......미아도 카논도 이번 일에 협력해준대. 지금부터 대화 좀 할 수 있어? 가능하면 지혜를 빌려줬으면 하는데."

"알았어. 조금이라도 좋은 방법이 없는지 생각해 볼게."

레이가 나를 향해 손을 뻗었다.

나는 그 손을 잡고 그녀를 미아의 집에서 데리고 나왔다.

"아...... 린타로. 레이는?"

"어, 미아. 데려왔어."

집으로 돌아온 나는 레이와 함께 미아와 카논이 기다리는 거실로 들어갔다.

두 사람 앞에 선 레이는 미안해하는 표정을 지으며 두 사람을 향해 머리를 숙였다.

"걱정 끼쳐서 미안."

"별로? 나는 그렇게 막 걱정했던 건 아니지만…… 그래도 괜찮은 거지? 너희는."

"응. 이제 괜찮아."

"그래. 그럼 됐어."

이러니저러니 해도 걱정했을 카논은 그런 레이의 대답을 듣고 고개를 돌렸다.

입은 완전히 솔직해지지 못했지만 그 태도를 보면 순식간에 속내를 이해할 수 있다.

아무튼, 우리는 이렇게 넷이 모였다.

"그럼 회의를 시작해볼까. 우리의 앞날에 대해."

"……그런 식으로 말하면 무지하게 심각한 느낌이 들지 않냐? 미아."

"무슨 소리야, 린타로. 우리와 네 관계에 위기가 닥친 거잖아? 당연히 심각한 이야기지."

"아니…… 뭐 그건 그런가?"

구체적으로는 나와 레이의 거리감에 대한 부분이라고 생각했는데, 아닌가?

하여간 도달하게 될 결론은 결국 같겠지.

자세한 부분은 일단 치우고, 나는 본론을 재촉했다.

"우선 문제는 텐구지 유즈카라는 우리 또래의 여자아이가 린타로를 노리고 있다는 점."

"'윽…….'"

미아가 그렇게 선언하자마자 어째서인지 거실 분위기가 따끔따끔해진 느낌이 든다.

왜지.

같은 주제를 놓고 대화하고 있는 것일 텐데 이상하게 엇갈리는 느낌이다.

"이건 심각한 사태야. 심지어 그 텐구지 씨는 린타로를 손에 넣기 위해 우리의 약점을 잡으려고 들지도 모른다니. 이대로는 린타로도, 그리고 우리도 불행해지겠지."

"골치 아픈 상대네……. 텐구지라고 하면 우리도 알만한 대기업이잖아."

"그래, 카논. 아이돌인 우리의 무기는 전파력과 지명도. 하지만 상대방은 지명도와 전파력에 더해 사람들을 많이 움직일 수 있어. 만약 린타로 주변을 24시간 감시했다간 우리는 앞으로 린타로와 데이트할 수 없겠지."

대체 이 녀석들은 무슨 이야기를 하고 있는 걸까——.

"그건 곤란해."

"나도 마찬가지야. 우리의 변장 기술이 점점 향상되었다고는 해도 처음부터 의심하고 본다면 완벽히 얼버무릴 자신은 없어. 두 사람도 그렇지?"

미아의 질문에 두 사람은 고개를 끄덕였다.

"설령 린타로가 우리와 일단 거리를 둔다고 해도 그 기간이 무한하게 늘어난다면 우리가 곤란해. 우리가 생각해야 할 일은 감시가 있다는 전제로 만나기 위한 방법. 아니면—— 텐구지 유즈카 자체를 어떻게든 하는 방법이야."

"텐구지 유즈카를 어떻게든 하는 방법이라니…… 설마 납치·감금?"

"레이, 성급한 소리 하지 마. 그건 최종수단이니까."

최종수단이라고 해도 하지 마라.

나는 미아를 포함한 세 사람에게 일단 그렇게 말했다.

"뭐, 납치·감금은 농담으로 치고. 요컨대 린타로가 절대 자기 남자가 되지 않는다고 이해하게 만들면 되는 거야. 예를 들어 이미 여자친구가 있다거나."

"……그걸로 포기할까? 미아. 상대는 회사 단위로 관계를 노리는 거잖아?"

"내 생각에 필요한 건 끈기라고 봐. 일반인 여자아이가 린타로의 여자친구로서 포지션을 주장하면 텐구지 그룹도 약점을 잡지 못하고 계속 협상하려고 들 수밖에 없어. 입장상 아주 바쁘기도 할 테니까 언젠가는 린타로를 회유하는 것 말고 다른 수단을 찾으려고 하지 않을까?"

"뭐, 일리가 있어 보이기는 하네."

나도 카논의 반응에 동의했다.

텐구지 그룹이 시도 그룹과 연을 맺고 싶어 한다는 건 알고 있다. 그 목적을 이루기 위한 가장 빠른 수단이 텐구지 유즈카와 나,

시도 린타로의 약혼.

하지만 이건 어디까지나 가장 빠른 수단일 뿐, 유일한 수단인 건 아닐 것이다.

이 수단이 효율이 안 좋다고 느낀다면 바로 회사에 직접 접근하는 방향으로 전환할 수 있다.

그 정도는 할 거라고 본다.

하지만 그건 그거대로 나에게는 좋다.

회사를 위해 이용당하지 않을 수 있다면 다소 무시당하든 신경 쓰이지 않는다.

"그럼 그 가짜 애인은 내가 하고 싶어."

"……너 지금 한 대화 이해한 거 맞아? 우리 중 누군가가 린타로의 가짜 애인을 하면 결국 약점을 잡히는 거잖아!"

"아…… 그런가."

"성급하게 구는 것도 적당히 해야지…… 나 원."

레이와 카논의 대화는 제쳐놓고, 확실히 이 아이디어의 난이도는 가짜 애인을 어떻게 하냐는 부분으로 집약된다.

사정을 설명하면 니카이도는 협력해줄지도 모르지만, 카키하라와 막 사귀기 시작한 그녀에게 부탁하는 건 너무 잔인하다.

카키하라에게도 미안하고.

노기에게도 살짝 가능성이 있어 보이지만 그쪽은 그쪽대로 도모토와 좋은 분위기다.

내 사정으로 방해하고 싶진 않다.

이렇게 보니 나는 정말 아는 여자가 적구나.

뭐, 밀스타 세 사람과 연이 있는 시점에서 그쪽 운을 다 써버린 것 같은 느낌도 들지만.

"……그보다 애초에 가짜 애인을 만들 의미가 있어? 그냥 나만 약점을 잡히지 않도록 조심하면 되는 거 아니야?"

"하아, 너 뭘 모르는구나. 둔한 것도 정도가 있지 않아?"

"무, 무슨 소리야……?"

"……정말로 모른다면 그대로도 괜찮아. 네 마음이 무거워질 뿐이니까."

"……?"

카논이 하는 말의 의도를 정말로 이해할 수 없었다.

다른 두 사람은 알아차린 건지 이 자리에서 물음표를 띄우고 있는 건 나뿐인 모양이다.

묘한 소외감을 느끼면서도 회의는 계속 진행되었다.

"아무튼, 가짜 애인을 맡아줄 사람을 찾는 건 중요해, 린타로. 그것도 어중간한 사람이 아니라 밖에서 그 역할을 충실하게 연기할 수 있는 사람이 필요하지."

"어, 어어……. 알았어."

"응. 그리고 어떻게든 그 사람을 찾아놓고 싶지만, 꽤 어렵단 말이지. 최악의 경우 나나 카논의 학교 사람들도 시야에 넣어야만 할지도 몰라."

이 녀석들 생각에 최대한 내 주변에 있는 인간이 적절하다고 한다.

뭐, 그건 그렇겠지.

저쪽은 내 교우 관계까지 뒤지려 들지도 모르고, 너무 관련이 없던 사람과 내가 애인이라고 주장해봤자 현실성이 떨어진다.

처음부터 관계를 의심하고 든다면 잘 속일 자신이 없다.

따라서 '애인이어도 이상하지 않은 사람'에게 부탁하는 게 좋다.

알고 있다. 그게 가장 어렵다는 것쯤은.

이렇게 될 줄 알았다면 조금 더 이 여자 저 여자 만나고 다닐 걸 그랬다.

물론 그런 짓을 할 수 있을 리 없지만.

"더불어 중요한 게 하나 있어."

"어?"

"린타로의 위장 애인이 되었다가 진짜로 반해 버릴 법한 사람은 제외. 아마도 이게 가장 중요해."

"……."

글쎄다.

지금은 그렇게까지 따질 상황도 아닌 듯한 느낌이 드는데.

오히려 거기까지 가지 않을 여자들이 훨씬 많지 않겠냐——.

"그 점은 나도 동의해. 귀찮은 일이 늘어날 뿐이니까."

"나도 마찬가지야."

하지만 어째서인지 카논에게도, 레이에게도 무시할 수 있는 요소가 아닌 모양이다.

"린타로."

"……왜. 미아."

"내가 들은 대로라면 그 텐구지 유즈카라는 아이는 직감으로 움직이는 타입이 아니라고 느꼈는데, 언제?"

"그건…… 모르겠지만, 그 인상 자체는 내가 느낀 것과 똑같아."

"그래, 그렇다면 완전히 틀리지는 않을 것 같네."

"그 성격이 뭐에 쓰이는데?"

"처음부터 무작정 린타로의 정보를 손에 넣으려고 할지 아닐지……. 그걸 알면 가짜 애인을 찾을 유예 기간이 정해지잖아?"

"……아하."

가짜 애인을 찾는다는 부분은 그렇다 쳐도, 이쪽이 대책을 세울 때까지 시간적 유예를 파악하는 건 중요하다.

저쪽도 변명하기 어려운 수준의 악행을 저지르는 건 피하고 싶겠지.

예를 들어 도청기나 감시 카메라 설치.

이건 한없이 '블랙'이라고 할 수 있는 행위로, 틀림없는 범죄다.

텐구지 그룹의 힘을 사용하면 어느 정도는 묵살하거나 덮어버리는 것도 가능하겠지만, 그건 아마도 최종수단.

내가 본 텐구지 유즈카는 결코 얼간이가 아니다.

처음부터 강경 수단으로 나서지는 않는다고 생각해도 되겠지.

한 달, 혹은 두 달.

분명 각종 수단을 먼저 써본 뒤에 그런 아슬아슬한 짓을 결행한다고 대비해두는 게 낫다.

──여기서 자학적인 소리를 하나.

내 입으로 할 말은 아닐지도 모르지만, 아무리 회사 간의 관계를 맺고 싶다고는 해도 나 자신에게는 범죄에 손을 댈 정도로 손에 넣고 싶어 할 만한 가치는 없다고 본다.

다만 텐구지 유즈카의 어딘가 초조해하던 모습이 마음에 걸린다.

어쩌면 텐구지 그룹은 외부에서는 보이지 않는 위기에 처한 건지도 모른다.

이 예감이 맞다면 저쪽에서 어떤 수단을 사용해도 동기는 있다는 셈이 된다.

목적의식이 뚜렷한 대기업을 상대로 내가 잘 대처할 수 있을까…….

'……아니, 할 수밖에 없지.'

레이와 만나기 전의 나였다면 벌써 포기했을지도 모른다.

하지만 나는 이미 알고 말았다.

세 사람과 함께 지내는 즐거움.

그리고 세 사람의 다정함, 온기를.

나에게 보금자리를 준 이 녀석들을 지킬 것이다.

회사나 아버지 같은 건 일단 뒤로 미루고.

강한 목적의식.

그건 커다란 선택이 닥쳤을 때 나를 받쳐주는 무기가 되어준다—— 아마도.

평생 일하고 싶지 않은
내가, 같은 반
인기 아이돌의
눈에 들면

우리가 정한 건 다음과 같다.

하나. 학교 밖에서의 만남, 주로 나와 레이는 지금까지처럼 행동한다.

원래 우리는 같은 반이라서 교류를 아예 피할 수 없다.

괜히 그 기회를 줄이려고 하면 부자연스러운 티가 나고, 레이가 그걸 얼버무릴 수 있을 것 같지도 않았다.

그러니 이 부분은 평소처럼.

크게 달라지는 건 미아나 카논과 밖에서 마주쳐도 무시해야만 한다는 점.

우리는 모르는 사이—— 그런 설정으로 간다.

둘. 외출 시간을 어긋나게 한다.

나와 밀스타 세 사람이 같은 맨션에 산다는 건 아마 바로 들킬 것이다.

그러므로 철저하게 지켜야 하는 정보는 우리가 서로의 집에 오간다는 것.

같은 층에 산다는 것도 최대한 알려지지 않는 게 낫다.

나는 집을 나서는 시각, 그리고 귀가하는 시각을 항상 세 사람에게 알려주고, 그녀들은 거기에 맞춰서 출발 시각이나 귀가 시각을 조절한다.

상당히 귀찮은 규칙이긴 하지만 세 사람은 흔쾌히 받아들였다.

셋. 내 가짜 애인을 일주일 내로 확보한다.

일주일이라는 건 임시로 정한 기간이다.

텐구지 그룹이 어떻게 나오냐에 따라서는 조금 더 늘어날 것이다.

지금은 일주일 정도라면 저쪽에서도 대담하게 공격하지 않을 것이라는 예상하에 아직 자유롭게 움직일 수 있을 법한 기간으로서 그렇게 잡았다.

"——좋아."

이상의 내용을 머릿속에 새겨 넣으며 나는 학교에 가기 위해 집을 나섰다.

시각은 평소 집을 나오는 타이밍보다 조금 빠르다.

레이는 원래 등교하던 시간대로 나오길 바랐기 때문에 내가 바꿨다.

일단 맨션을 나온 뒤로 은근슬쩍 주위를 확인해봤지만 잠복하는 듯한 사람은 볼 수 없었다.

하지만 사각이 없는 것도 아니고, 근처 건물 안에서 창문으로 감시하는 거라면 알아볼 방법이 없다.

"의심병에 걸릴 것 같아……."

빨리 해방되고 싶다.

그렇게 기도하며 전철을 탔다.

현재 가짜 애인을 부탁할 법한 후보로는 유즈키 선생님의 작업장에서 일하는 어시스턴트를 꼽고 있다.

이름은 아카자와 씨. 나이는 24살로 어시스턴트 경력은 2년.

나와도 1년 이상 알고 지냈으며, 나이 차가 좀 있지만 내 나이에 연상의 여인을 동경한다는 건 부자연스럽지도 않다.

텐구지 유즈카가 봐도 강한 위화감을 느끼지 못할 것이다.

아카자와 씨에게 부탁할 때는 유즈키 선생님을 통할 예정이다.

상당히 무례한 부탁이니까, 우선 유즈키 선생님의 허락을 받자── 지금은 그렇게 정해놓았다.

순탄하게 학교에 도착한 나는 아직 인기척이 적은 교실에 들어가 내 자리에 앉았다.

솔직히 등교만 했는데도 엄청 피곤했다.

주변의 시선을 하나하나 의식하는 바람에 내내 묘하게 긴장했기 때문이다.

이대로는 언젠가 정신이 이상해질 것 같은 느낌이 든다.

그렇게 되면 위자료라도 청구할까. 진짜로.

"어라? 별일이네. 린타로가 이 시간에 있다니."

기분 전환을 위해 밖을 바라보던 나는 익숙한 목소리를 듣고 돌아보았다.

그곳에는 지금 막 등교한 유키오가 있었다.

절친한 친구의 등장에 어딘가 안심을 느끼며 작게 한숨을 흐렸다.

"뭐, 가끔은 일찍 와 보는 것도 재미있을 것 같아서."

"……."

"……뭐."

나는 갑자기 눈을 흘겨 뜨며 나를 바라보는 유키오에게 물었다.

"린타로, 뭔가를 덮으려고 할 때의 얼굴이야."

"그, 그런 걸 어떻게 아냐?"

"아니, 오랫동안 같이 지낸 나는 알 수 있어. 뭔가 일찍 와야만 하는 사정이 있었던 거 아니야? 내가 아는 린타로는 충동적인 흥미로 움직이는 사람이 아닌걸."

"……."

변함없이 초능력자 같은 녀석이다.

대충 정곡을 찔린 나는 무심코 입을 다물었다.

그리고 그건 유키오에게는 긍정이라고 판단하기에 충분한 근거가 되고 말았다.

"무슨 일 있었어? 아직 1교시까지 시간은 있으니까 말해줄 수 있는 거라면 들을게."

유키오의 제안은 내 머릿속에는 없었던 일이었다.

이 녀석은 내 몇 없는 친구 중에서도 가장 든든한 존재.

밀스타 세 사람 문제에 너무 집중했던 나는 그런 중요한 사실조차 잊어버리고 있었던 모양이다.

"……좀 복잡한 상황이 되었거든. 잠깐 들어줬으면 하는데, 괜찮아?"

"응. 나라도 괜찮다면 얼마든지."

사람은 친구를 잘 사귀어야 한다.

주변에 대화가 들리지 않을 법한 교실 구석으로 이동한 뒤 나는 유키오에게 현재 상황을 전부 털어놓기로 했다.

"──상당히 궁지에 몰린 모양이네."

나에게서 대강의 이야기를 들은 유키오는 어느새 오묘한 표정을 짓고 있었다.

궁지에 몰렸다고 들으니까, 뭐, 그 말이 맞는 것 같다.

다만 내 입으로 말해놓고 좀 그렇긴 하지만 솔직히 별로 현실 감이 없다.

유키오에게 말하면서 상황을 정리해 보니 새삼 그렇게 느꼈다.

"가능성은 그리 크지 않지만, 너에게도 무언가 폐를 끼치게 될 지도 몰라. 그때는 미안하다."

"사과는 무슨 일이 일어났을 때 해도 돼. 게다가 무슨 일이 일어났다고 해도 폐라고 생각하지도 않고. 굳이 말하라면, 네가 나에게 말도 안 하고 혼자서 어떻게 되어버리는 게 가장 화나."

"윽……."

유키오 녀석, 내가 바로 상황을 설명하지 않았던 것에 앙심을 품었구나.

이 부분은 전면적으로 내 잘못이다.

유키오 입장이었다면 나에게 잔소리 하나쯤은 하고 싶어졌겠지.

"하지만 가짜 애인이라……. 어려울 것 같네. 린타로는 여자인 친구가 별로 없잖아."

"그런 말 하기냐……. 사실이지만."

"……나도 찾아볼까? 상당히 나쁜 짓이긴 하지만, 내가 부탁하면 도와줄 법한 여자애는 몇 명 있을 거야."

확실히 유키오는 그 좋은 얼굴 덕분에 여자에게 상당한 인기를 누리고 있다.

빈말로도 남자답게 잘생긴 건 아니긴 하지만, 오히려 그런 외모에 부담을 느끼지 않을 수 있어서 좋다는 취향의 여자가 많이 접근한다.

올해 초에서 또 시간이 꽤 지나자 아무래도 종교적인 느낌으로 빠져버린 여자도 있다나 없다나——.

"……이쪽도 수단을 가릴 수 없는 때가 오면 부탁할지도 모르지만, 그건 진짜 최종 파이널 수단 같은 거야. 가능하면 그런 거에는 의지하고 싶지 않아."

"그렇겠지……."

유키오는 쓴웃음을 지었다.

상관없는 사람을 억지로 끌어들일 바에야 밀스타 세 사람에게서 일단 거리를 두고 생활하는 게 낫다.

그 셋도 그런 인식은 공유하고 있다.

"결국 신빙성도 중요하니까. 옆에서 봤을 때 수상한 느낌이 들면 의미가 없으려나."

"그렇지."

"……우선 무언가 힘이 될 법한 게 있다면 바로 말해줘. 나라도 괜찮다면 얼마든지 협력할 테니까."

"그래, 믿음직스럽네."

지금까지 내 인생에 유키오가 항상 곁에 있어 주었다.

분명 앞으로도 의지하고, 도와주면서 계속 가까운 거리에서 살아가겠지.

——그렇게 생각했던 유키오와의 관계가 바뀌어버리는 일이 코앞으로 닥쳐 있었다.

◇ ◆ ◇

수업은 별일 없이 끝났고 시간대는 방과 후로.

부활동에 소속되지 않은 나는 당연히 이제 집으로 돌아가야 하지만, 그건 그거대로 조금 우울했다.

집에 가고 싶지 않은 건 아니지만 돌아가는 게 귀찮다.

왜 그냥 밖을 걷기만 하는 건데 주변을 경계해야만 하는 걸까.

털어내고 있다고 생각했지만 이렇게 되니 내 가정 사정이 너무 성가셨다.

하지만 뭐, 우물쭈물 머물러 있을 수도 없으니까——.

"하아……."

나는 성대하게 한숨을 쉬며 신발장에서 신발을 꺼냈다.

일단 말해두지만, 레이와는 규칙대로 귀가 타이밍을 어긋나게 했다.

원래 같이 돌아가는 짓도 한 적이 없지만, 만약을 위해 평소보다 조금 넉넉하게 시간대를 틀어놓았다.

그런고로 오늘도 평소처럼 유키오와 돌아갈 예정이었는데, 뭔가 그 녀석은 잠시 볼일이 있다나.

별로 시간은 걸리지 않는다고 하니까 우선 교문에서 기다릴 생각이었는데……

"……응?"

교문 쪽으로 걸어가자 한 대의 차가 서 있는 게 보였다.

딱 봐도 고급차.

누군가를 마중 나온 걸까? 그렇게 낙관적으로 생각하던 나는 차 문을 열고 나온 인물의 얼굴을 보고 눈썹을 찌푸렸다.

그 인물은 전혀 미안해하는 기색 없이 나를 물끄러미 바라보고 있다.

아무리 생각해도 나를 기다리고 있었던 모양이었다.

"학교 수고하셨습니다. 린."

"……텐구지."

나를 난감하게 만든 원흉, 텐구지 유즈카.

그녀는 전에 만났을 때와는 다르게 고급스러운 교복을 입고 있었다.

아마도 어딘지 모를 아가씨 학교의 교복이겠지.

우리 학교의 평범한 교복과는 차원이 달라 보였다.

"뭐 하러 왔는데."

"그렇게 쌀쌀맞게 대하지 않아도 되지않나요. 저희는 미래의 부부니까요."

"……."

내 집안에만 관심이 있는 주제에 뭐가 부부냐. 뻔뻔하기는.

그런 말이 담긴 내 혐오감을 드러낸 표정을 봐도 텐구지는 전혀 동요하는 기색을 보이지 않았다.

심지가 굳건하다는 건 대단히 좋은 일이라고 보지만, 내 의견을 무시한다는 쪽으로 발휘되면 이만큼 민폐인 것도 없었다.

"지금부터 차라도 같이 드시겠어요? 모처럼 재회했으니까 친분을 다지는 단계도 필요하다고 생각합니다."

"……그만 좀 해."

나는 혀를 찰 뻔한 걸 가까스로 참았다.

주변에서 시선이 모이기 시작했다.

교문 앞에서 이러고 있으면 그야 주목할 만도 하지.

이대로는 내 교내 평판도 이상해진다.

'젠장……. 어쩌지?'

설마 이렇게 빨리 행동할 줄은 몰랐다.

감시를 붙인다거나 하는 종류의 강경 수단이 아니었던 건 다행이지만, 이건 심플하게 민폐였다.

우선 텐구지는 예쁘다.

더불어 교복도 그렇고 뒤에 서 있는 고급 승용차까지, 눈에 띄는 요소로 구성되어 있다.

그런 인간과 대화하면 상대인 나까지 덩달아 눈에 띄게 된다.

어떻게든 탈출하지 않으면 나를 둘러싼 주변 환경이 바뀌어버릴지도 모른다.

정말로, 쓸데없는 짓만 하는구나.

"……미안하지만 오늘은 곧장 집에 가고 싶어. 다음 기회에 해 줄래?"

"그렇게 매정하게 말하지 마세요. 모처럼 당신의 약혼자가 되었는데 섭섭하잖아요."

"……윽."

이 자식, 내가 뭘 싫어하는지 이해하고 있잖아.

요컨대 서동요 기법이다.

너무 단순해서 오히려 이 방법을 떠올리지 못했다.

자기가 시도 린타로의 약혼자임을 떠들고 다니면 남들이 보는 곳에서 텐구지를 험하게 대한 시점에서 내 평판은 나빠진다.

주변의 시선 같은 건 신경 쓰지 않고 살 수 있다면 그게 가장 편하겠지만, 괜한 문제가 발생할 확률을 조금이라도 없애고 싶은 나로서는 최악의 상황이다.

약점을 잡는다는, 위험이 따르는 방법보다 훨씬 유효한 수단이다.

다행히 아직 주변에 친한 사람의 모습은 보이지 않는다.

하지만 소문이 퍼지는 건 피할 수 없을 테지.

지금은 조금이라도 빨리 여기를 떠나야──.

"역 앞에 홍차가 무척 맛있는 카페가 있답니다. 제가 자주 가는 곳이니 같이 가요."

"미안한데…… 그렇게 비싸 보이는 곳에 갈 돈은 없어."

"확실히 가격은 저렴하지 않지만…… 린이라면 쉽게 낼 수 있는 금액일 거예요."

텐구지는 내가 하는 말을 전혀 이해하지 못한다는 모습으로 고개를 갸웃거렸다.

뭐, 일반적으로는 텐구지의 주장이 더 맞겠지.

시도 그룹의 아들이 부모에게 용돈을 안 받는다고 생각하지 않을 테니까.

나도 완전히 상관없는 입장이었다면 위화감을 느꼈을 것이다.

다만, 없는 건 없다.

그 아버지에게 돈을 달라고 조르라고? 소름 돋는다.

그런 약점은 보이고 싶지 않다.

"하지만 매달 돈을 허공에 날—— 많이 쓰면서 사는 건 아니야. 비싼 가게에는 못 가."

"……그렇다면 제가 내겠습니다. 그럼 가실 수 있죠?"

안 질리냐.

안 간다고 했는데 집요하게 버틴다.

뭐, 텐구지 쪽은 주변에 나와 뭔가 관계가 있다고 보여줄 수 있다면 그걸로 충분할 테니 목적은 이미 반 이상 달성했겠지만.

그럼 어떻게 할까.

이대로 강제로 돌아갈 수도 없을 텐데.

저쪽은 차로 왔다.

역까지 달려봤자 뿌리칠 수 없다.

얌전히 따라가면 이 상황에서는 해방될 테지만, 상대방의 의도에 넘어가 주기에는 솔직히 아니꼽다.

하지만 막막하다는 것도 확실한——.

"린타로!"

그때 뒤에서 나를 부르는 목소리가 들렸다.

익숙한 그 목소리는 내 절친의 목소리.

이 타이밍에 등장이라니, 정말 센스가 죽여주는구나.

나는 이 상황의 슈퍼맨을 맞이하기 위해 돌아보았다.

"……어?"

하지만 그곳에 있던 건 슈퍼맨이 아니라──.

"기, 기다렸지. 린타로."

──여자 교복을 입은, 이나바 유키오와 똑같이 생긴 누군가
였다.

적어도 슈퍼맨이 아니라 슈퍼우먼이라고 해야 하나…….

그런 가벼운 현실도피를 하고 있었더니 유키오의 얼굴을 한 여
학생은 내 얼굴을 들여다보았다.

그 동작이 너무 귀여워서 무심코 튀어오를 뻔한 심장을 열심히
찍어눌러야만 했다.

"왜, 왜 그래? 린타로. 어디 아파?"

"어…… 아니, 그……."

유키오인 걸까?

아니, 유키오 맞지?

유키오였으면 좋겠다.

하지만 유키오라고 한다면, 이건 여장인가?

뭐야, 여장이냐. 문화제 때도 했었잖아.

그럼 유키오다. 틀림없다.

그렇게 스스로를 타일러보기는 했지만, 유키오에게 여자 교복이 너무 잘 어울리는 바람에 처음부터 여자였던 게 아닌지 의심스러워졌다.

내가 봤던 건 대체 뭐였을까.

대체 뭐가 진짜인 걸까——.

"다, 당신은……?"

"어? ……아, 응, 나, 나 말이야?"

내가 아무 말도 하지 못하는 사이에 텐구지가 참지 못하고 질문을 던졌다.

유키오는 살짝 더듬거리더니 굳게 결의한 듯 다시 입을 열었다.

"나, 나는! 린타로의 애…… 애인입니다!"

……얘 뭔 소리하는 거냐.

머리가 맛이 갔나?

"애, 애인……?!"

"그, 그래! 나는…… 내가, 린타로의 애인이야!"

적잖이 놀란 듯한 반응인 텐구지.

솔직히 내가 더 놀랐다.

그 유키오가 내 애인? 그런 사이가 된 기억은 전혀 없다.

"야……! 무슨 생각이야?"

"하지만……! 린타로에게는 지금 애인이 필요하잖아?!"

소곤거리면서 물어보자 그렇게 돌아오는 바람에 나는 입을 꾹 다물었다.

확실히 지금 나는 애인을 찾고 있다.

물론 진짜 애인은 아니지만, 진짜라고 해도 지장이 없을 만큼 끈끈해 보일 수 있는 존재가 필요하다.

　그 상대로 유키오는 더 좋을 수 없는 인재.

　다만 남자라는 것만 빼면——.

　'하지만…… 잘 생각해 봐.'

　새삼 유키오를 쳐다봤다.

　와이셔츠 위에 연한 복숭아색 카디건을 걸치고 소매는 조금 넉넉하게 길어서 손등을 가리고 있다.

　그리고 짧은 치마에다, 절대 영역을 만들어내는 니하이삭스를 신었다.

　으음, 여학생이네.

　여자보다 더 여자라고 해도 될지도 모른다.

　아니, 진짜로 남자이긴 했나?

　의심스러운 순간은 여태까지도 여러 번 있지 않았나?

　그냥 여자인 걸로 할까?

　그래, 그렇게 하자.

　"……미안해, 텐구지. 나 지금부터 데이트거든."

　"어?"

　나는 즉각 유키오의 어깨를 안아 텐구지에게 과시했다.

　유키오가 놀란 듯 짧게 목소리를 흘렸지만 지금은 신경 쓸 때가 아니다.

　"데, 데이트라고요……?!"

　"그래! 그러니까 미안하지만 카페에는 못 가! 다음에 불러줘!"

동요한 건지 텐구지가 얼굴을 찌푸렸다.

이겼다──.

그렇게 확신하기에 충분한 임팩트.

처음 계획대로 생각하면, 이대로 유키오와 함께 여기에서 떠나면 텐구지에게 좋은 견제가 될 것이다.

"애인……? 린에게…… 애인……?"

하지만 사태는 이상한 방향으로 흘렀다.

몇 걸음 물러난 텐구지는 어째서인지 눈에 눈물을 글썽거리기 시작했다.

나와 유키오가 어안이 벙벙해져서 그 모습을 쳐다보자 텐구지는 바로 눈물을 훔치고 우리에게 등을 돌렸다.

"오, 오늘은 이만 실례합니다! 데이트를 방해할 수는 없습니까요! 카페는 다음에 또 권하겠습니다!"

"어, 잠깐……!"

분위기가 묘하다.

무심코 붙잡는 말을 던졌지만 텐구지의 발은 멈추지 않았다.

그대로 차로 돌아가는 모습을 그저 바라볼 수밖에 없었다.

"──거짓말쟁이."

그런 말과 함께 차 문이 닫혔다.

그리고 그녀를 태운 차는 순식간에 우리 앞에서 떠나갔다.

"뭐, 뭐야 대체……."

"······이건 좀, 미안하네."

"뭐? 유키오가 죄책감을 느낄 법한 요소가 있었어?"

오히려 피해자는 우리 아니냐.

"죄책감을 느낄 정도는 아닐지도 모르지만······. 린타로는 평소엔 예리한 편인데 가끔 치명적으로 둔해질 때가 있단 말이지."

"······그래?"

"음······. 정확하게는 필터가 씌워진 건지도 몰라."

필터라는 말을 들어도 내 안에서 딱 와닿는 건 없었다.

우선 생각해봤자 알 수 없는 건 나중으로 미루고.

지금은 눈앞의 의문을 해결하자.

"······그래서, 그 모습은 뭔데?"

"에헤헤, 잘 어울려?"

그렇게 말하며 유키오는 내 앞에서 한 바퀴 빙글 돌았다.

친구점수를 빼고 말해도 확실하게 귀엽다.

"어울린다고 해야 하나, 너무 잘 어울린다고 해야 하나······. 어딜 어떻게 봐도 여자로밖에 안 보이는데."

원래 여자 같았다고 하면 기분이 상할 가능성이 있었으니 그건 덮어놨다.

"그렇지? 내가 보기에도 어울리더라."

"설마 볼일이 있다고 한 게 그 교복이랑 관련 있어?"

"맞아. 뭐······ 최악에는 이런 패턴이 될지도 모른다고 생각하고 친구 여자애한테 중학생 때 교복을 개조해달라고 했지. 물론 내가 입을 거라고는 말 안 했지만."

아, 그러고 보면 치마의 무늬가 우리 학교 교복과는 다르구나.

와이셔츠와 카디건은 원래 그런 모양이지만, 확실히 치마에는 나중에 손을 댄 흔적이 있었다.

"너 진짜 머리 좋다⋯⋯. 존경스러워."

"에헤헤, 그렇게 칭찬해도 나오는 거 없어."

"지금 막 위기에서 구해줬잖아? 그걸로 차고 넘친다니까."

"그렇구나. 린타로에게 도움이 되었다면 다행이야."

정말 이 녀석이 남자라 다행이다.

만약 여자였다면 나는 이미 이 녀석에게 반했을지도 모른다.

다만 뭐, 여자였다면 이렇게까지 친해지지도 않았겠지만.

⋯⋯아니, 근데 진짜 남자 맞지?

"이걸로 조금은 물러나 주면 좋겠는데. ⋯⋯으음, 텐구지? 랬던가."

"어, 그러게."

아마 저쪽에서는 유키오의 신변 조사에 들어갈지도 모르겠다.

자기들의 목적을 이루기 위해 나와 유키오의 사이를 갈라놓으려고 해도 전혀 이상하지 않다.

문제는 그 과정에서 유키오의 성별이 들켰을 때.

──아니, 그건 그거대로 내가 남자와도 연애할 수 있는 타입이라고 주장하면 그만인가?

동성애가 받아들여지고 있는 요즘 세상에 딱히 그런 인간이었다고 해도 욕을 들을 이유는 없다.

주변에서 보는 눈은 조금 달라질지도 모르지만, 대놓고 '이상하다'며 부정당하진 않겠지.

음, 오히려 그렇게 믿는 게 편할지도 모르겠다.

텐구지의 구혼을 거절할 구실로서 아주 좋은 무기다.

"유키오. 미안한데 사태가 진정될 때까지 그 모습으로 같이 하교해줄 수 없어?"

"어……? 응, 뭐, 린타로가 원한다면 나는 괜찮은데."

"하지만 당분간 그 모습으로 남들 앞을 걸어 다니게 될 텐데? 정말 괜찮아?"

"상관없어. 널 도울 수 있다면 별거 아니야."

"……다음에 네가 좋아하는 거 많이 만들어줄게."

"아하하, 보수가 정말 두둑하네."

기쁘다는 듯 웃는 유키오와 함께 나는 집으로 돌아갔다.

이걸로 상황이 크게 호전되면 좋겠지만──.

뭐, 과한 기대는 하지 말자.

"……괜찮으십니까? 유즈카 아가씨."

"네……, 괜찮습니다."

고급 승용차 안, 운전기사가 건넨 말에 텐구지 유즈카는 힘없는 목소리로 돌려주었다.

괜찮다고 하면서도 그 모습은 도저히 괜찮아 보이지 않았다.

하지만 운전기사는 그 이상 참견할 수 있는 사이가 아니었다.

'애인이라…….'

유즈카는 창문에 머리를 기대고 밖으로 시선을 던졌다.

흘러가는 경치를 바라보며 그녀는 입에서 새어 나오는 한숨을 참지 못했다.

"……한가지 질문해도 될까요?"

"네? 앗, 넵! 말씀하십시오!"

자신이 모시는 텐구지 그룹의 아가씨가 말을 걸자 운전기사는 놀라서 어깨를 움찔거리면서도 어떻게든 대답했다.

"어린 시절의 약속은 언제까지 유효하다고 생각하죠?"

"어, 어린 시절의 약속…… 말입니까?"

"예를 들어 소꿉친구와 장래를 약속했다면요."

운전기사는 장래의 약속이라는 단어에 말문이 막혔다.

조금 전 차 밖에서 이뤄진, 유즈카와 남학생의 대화.

그저 운전기사에 불과한 자신은 딱히 사정을 들은 건 아니었다.

그래도 대충 눈치챈 건 있었다.

"그런 약속은 해본 적이 없으니 말씀드리기 어렵지만……. 약속은 한쪽에서 깨지 않는 한 유효한 게 아닐까요……."

"……그런가요."

운전기사는 자신의 실언을 깨달았다.

그 남학생이 결혼을 약속한 소꿉친구였다면 유즈카의 믿음을 부정해버린 게 아닐까.

고용주의 기분을 상하게 만들면 자신의 처지가 위태로워진다.

"죄, 죄송합니다! 지금 드린 말씀은, 그게……."

"아뇨, 됐습니다."

운전기사는 허둥지둥 자신의 말을 철회하려고 했지만 유즈카가 막았다.

"린이 약속을 깼다는 건, 이미 그런 것일 테니까요."

유즈카는 자신의 주먹을 꽉 쥐었다.

"하지만—— 덕분에 조금 후련해졌습니다."

"네?"

"지금부터는 수단을 가리지 않을 겁니다. 린에게 의지하지 않아도 저는 어떻게든 시도 그룹과 우리 회사를 통합할 겁니다."

분명한 투지를 불태우는 유즈카.

그 모습은 도저히 미성년자로 보이지 않았다.

"아버지……. 저는 완벽하게 해낼 테니까요……."

그렇게 중얼거리며 유즈카는 눈꼬리에 맺힌 눈물을 닦았다.

평생 일하고 싶지 않은
내가, 같은 반
인기 아이돌의
눈에 들면

"……그래서 당분간 가짜 애인은 이 녀석이 해주기로 했어."

"""……."""

밀스타 세 사람은 여자 교복을 입은 유키오를 보고 입을 다물었다.

집안에 잠시 침묵의 시간이 흘렀다.

"……그, 이나바 유키오입니다. 린타로와는 같은 반이고…… 아니, 날 소개할 필요가 있어?"

"그야 있지. 나와 이 녀석들의 관계가 문제인 거니까 상황은 공유해야 해."

"그럴지도 모르지만……. 난데없이 유명인 앞에 서게 된 내 처지도 생각해줄 수는 없을까……."

"뭐, 레이는 평소에도 보니까 그렇게 긴장하지 마."

"어느새 대담해졌구나…… 린타로."

그런 기가 막힌다는 목소리로 말할 것까진 없잖냐.

"……같은 나이니까 이나바라고 불러도 될까?"

"아, 응. 괜찮아."

"알았어. 그럼 일단 우리도 자기소개를 해야겠지. 나는 우가와 미아. 밀피유 스타즈에서는 미아로 통하고 있어. 그리고 이쪽이──."

미아의 시선이 카논을 향했다.

"카논, 본명 히도리 카논이야. 이나바라고 했지? 하나 확인하고 싶은데."

"어? 뭔데?"

"그…… 정말 남자 맞지?"

"응, 맞아."

카논의 눈은 의심스러운 물체를 볼 때의 눈이었다.

뭐, 처음 만난 사람이라면 그런 반응도 이상하지 않다.

유키오에게는 참 미안한 말이지만, 그렇게 반응해도 어쩔 수 없는 외모니까.

아니, 본인도 많이 익숙해진 건지 태연한 얼굴이었다.

그 모습에서는 아예 관록마저 느껴졌다.

"뭐, 음? 린타로의 가짜 애인으로는 이보다 더 좋은 인재는 없는 것 같고?"

"그, 그래. 앞으로도 린타로 주변 일은 이나바에게 맡기기로 할까."

그렇게 말하면서도 어째서인지 카논과 미아는 복잡한 표정을 짓고 있었다.

잘 모르겠지만 무언가 걸리는 부분이 있는 모양이다.

"이나바. 린타로를 부탁할 수 있어?"

"물론이지. 그럴 생각이니까 이렇게 너희들에게 인사하러 온 거야."

"그래…… 고마워."

"나야말로. 린타로의 아군이 되어줘서 고마워."

"린타로와는 앞으로도 계속 같이 있을 거야. 그러니까 나는 계속 린타로의 아군."

"흐, 흐응……? 나도 린타로와는 계속 같이 있을 예정인데."

"……내가 계속 같이 있을 거야."

"나야."

아까부터 나만 소외당하고 있는 느낌이다.

왜 레이와 유키오는 서로를 노려보며 불꽃을 튀기고 있는 거야.

그런 식으로 으르렁거릴 요소는 어디에도 없을 텐데…….

"자자, 이상한 싸움하지 말고. 그보다 린타로, 하교할 때 그 텐구지란 사람이 기다리고 있었단 이야기를 더 자세히 들려줄래?"

"아, 그것도 중요했지."

나는 카논의 재촉에 텐구지가 학교 앞에서 기다릴 때의 상황을 세 사람에게 설명했다.

그러자 세 사람의 표정이 순식간에 어두워졌다.

나는 상황이 호전되었다고 인식했기 때문에 그 반응에 무심코 고개를 갸웃거렸다.

"아니……. 상상했던 것보다 더 둔하구나, 린타로."

"그러게. 나도 놀랐어."

"……그 텐구지란 사람, 좀 불쌍해."

순서대로 미아, 카논, 레이. 어라? 어째 내가 잘못한 것 같은 분위기가 되지 않았냐?

동요하기 시작한 나를 배려한 건지 미아가 서둘러 미소 지었다.

"아니, 뭐. 상황만 보면 린타로의 잘못은 하나도 없어. 너는 신경 쓰지 않아도 돼. 다만 여자의 시각에서 조금 불쌍해 보이는 부분이 있었던 것뿐이야."

"그, 그래! 남 일이 아니라는 느낌?"

잘 이해할 수 없었지만 우선 미아도 카논도 나를 두둔해주는 모양이었다.

옆에서 레이도 필사적으로 고개를 끄더이고 있으니 정말로 나를 비난하는 건 아니겠지.

"하지만 거기서 텐구지가 물러났다면 우선은 해결되었다고 봐도 되는 걸까?"

"……그건 솔직히 모르겠지만, 뭔가 포기한 듯한 느낌은 있었어."

"하아……. 그런 거라면 이제 생활도 그렇게까지 신경 쓰지 않아도 될 것 같네. ……의외로 허무한 느낌."

허무하다. 확실히 카논의 말대로다.

여태까지 이래저래 속박에서 도망치기 위해 머리를 굴리던 게 바보 같다고 해야 하나, 이렇게 싱겁게 해결되는 거냐는 의문도 들고 솔직히 의심스럽기도 하고──.

"물론 방심은 하지 말고."

"알아, 카논. 저쪽에서 내 사생활을 캐내려고 하지 않는다는 걸 알 때까지는 정해놓은 규칙대로 생활하고, 유키오의 협력도 받을 거야."

"음, 알면 됐어."

이렇게 우리의 대화는 끝났다.

생각보다 허무하게 끝난 텐구지 문제.

하지만, 뭘까.

역시 아직 나와의 관계가 완전히 끊어진 건 아닌 느낌이 든다.

헤어질 때 본 텐구지의 표정과 그에 따른 이 녀석들의 반응.

신경 쓰지 않아도 된다고 하지만 신경 쓰게 되는 게 나란 인간이다.

◇ ◆ ◇

유키오를 역까지 바래다준 뒤 미아와 카논도 자기 집으로 돌아가자 내 집에는 나와 레이만 남았다.

보통 레이는 내 집에서 빈둥거리기 때문에 이 구도는 결코 드문 일이 아니었다.

하지만 아무래도 오늘은 레이 쪽에서 무언가 할 말이 있는 모양이었다.

"……그래서, 할 말이 뭔데?"

나는 나와 레이가 마실 커피를 테이블에 놓으며 그렇게 물었다.

"고마워. ……할 말은, 우리 집 얘기인데."

"너네 집?"

"린타로, 나랑 같이…… 본가에 인사하러 와 줘."

"픕──."

입에서 탈출하려는 커피를 반사적으로 손을 들어 틀어막았다.

그 정도로 지금 레이가 한 발언은 충격적인 내용이었다.

"너, 너…… 무슨 소리……."

"어머니가 린타로를 만나고 싶대. 내가 신세 지고 있으니까, 보답하고 싶은가 봐."

"어, 어어…… 뭐야, 그런 거였냐."

뜬금없이 결혼 인사라도 하라는 소리인가 했잖아.

"조만간 올 수 없어?"

"음, 일정은 전혀 문제없는데…… 결국 텐구지 건이 해결된 건지 아닌지 모르니까."

하지만 잘 떠올려 보면 레이의 아버지도 큰 회사의 경영자다.

레이 개인이라면 모를까, 오토사키가에 직접 손을 대는 짓은 못 하겠지.

아무리 텐구지 그룹이라는 뒷배가 있다고 해도 섣불리 적을 만들고 싶진 않을 테니까.

그리고 이건 나 자신의 문제지만——.

레이의 아버지는 내 아버지와 면식이 있다.

지금까지 건드리지 않았던, 아니, 건드리지 않으려고 했던 아버지에 대해 알기 위해서는 좋은 단서라고 할 수 있다.

"……알았어, 찾아갈게."

"응, 고마워. 집에도 말해놓을게."

이렇게 나는 가까운 시일 내에 레이의 본가를 방문하게 되었다.

시간이 순식간에 흘러 레이의 집을 찾아가는 날이 와 버렸다.

나는 방문용 선물을 들고 그 녀석 집의 현관 앞에 서 있다.

물론 이런 걸 겪어본 적이 없는 나는 전에 없이 긴장하고 말았다.

"진짜로 결혼 인사하러 온 것 같잖아……."

나는 그렇게 투덜거리면서 레이의 집을 올려다보았다.

하얀색을 기반으로 한 그 집은 말 그대로 호화 저택이라 부지 넓이도 상당했다.

분위기로 보면 옛날에 내가 살던 집과 비슷하다.

어머니, 아버지와 같이 살던 그 집은 지금 어떻게 되었을까?

일반적으로 생각하면 아버지가 혼자 살고 있을 테지만, 그 남자라면 분명 거의 집에 돌아가지 않았겠지──.

'아니, 그런 건 아무래도 상관없고.'

나는 고개를 저어서 쓸데없는 생각을 쫓아냈다.

그리고 다시금 기합을 넣은 뒤 인터폰으로 손을 뻗었다.

버튼을 누르자 가벼운 벨 소리가 울리더니 그 후 잠시 침묵이 찾아왔다.

『……린타로?』

"레이냐?"

『응, 지금 열게.』

레이의 목소리가 들리고 또 잠시 시간이 흘렀다.

그러자 현관문이 철컥 열리고 그곳에서 사복을 입은 레이가 고개를 내밀었다.

"린타로, 이쪽."

손을 까딱이며 부르는 대로 레이에게 향했다.

그렇게 집 안에 발을 들여놓자 내 집에서는 절대 느낄 수 없는, 남의 집 특유의 향기가 느껴졌다.

"오토사키가에 잘 왔어."

"어, 어어……. 실례합니다."

신발을 벗고 안으로 들어갔다.

"……어? 레이, 너 그 옷——."

그제야 간신히 나는 레이가 평소와는 조금 분위기가 다른 옷차림이라는 걸 깨달았다.

하얀색 원피스.

그녀의 사복은 편안한 스타일이 많다는 인상이었는데, 지금 입은 이건 그런 경향에서 크게 벗어나 있었다.

"이건 어머니가 골라줬어. 린타로가 집에 오는데 평범한 옷을 입으면 실례라고."

"……나에게 그렇게 신경 쓰지 않아도 되는데."

"어때? 어울려?"

"뭐…… 무지하게 잘 어울리긴 해."

"응, 그럼 입길 잘했네."

레이는 기쁘다는 듯 웃고는 선물을 든 손과는 반대쪽 손을 잡고 끌어당겼다.

"이쪽. 둘 다 거실에서 기다려."

"으, ……어어."

나는 레이와 함께 거실에 발을 들여놓았다.

널따란 거실에는 큰 TV가 있고, 그 앞에 넉넉히 다섯 명은 앉을 수 있을 법한 소파가 놓여 있다.

그리고 그 소파에는 레이의 아버지인 오토사키 씨가 앉아있었다.

"아버지, 린타로 데려왔어."

"아아, 잘 왔구나. 어서 와, 시도."

일어나 나를 맞아준 오토사키 씨에게 나는 가볍게 머리를 숙였다.

"오랜만에 뵙습니다, 오토사키 씨. 오늘은 초대해주셔서 감사합니다."

"괜찮아, 우리가 불러낸 거니까. 레이가 평소 신세 지고 있는만큼 오늘은 편하게 놀다 가려무나."

"네, 네에……."

편하게 놀다 가라니, 제법 어려운 요구다.

하지만 뭐, 환영해주는 건 확실한 모양이다.

솔직히 딸 주변을 알짱거리는 해충에게 충고하는 게 아니냐고 경계하고 있었는데, 그럴 필요도 없어 보인다.

"아, 린타로! 어서 와! 밖에 좀 추웠지?"

"오늘은 신세 지겠습니다, 리리아 씨."

"그렇게 딱딱하게 말하지 말고. 린타로는 더 편하게 있으렴."

"그, 그렇게 말씀하신다면…… 감사합니다. 아, 이거 별거 아니지만요……."

"어머! 에이, 괜찮은데!"

나는 선물을 리리아 씨에게 건넸다.

과일 젤리라는 것까지 알리자 그녀는 고맙다고 한 뒤 식후에 같이 먹자고 웃으며 말해주었다.

"조금 더 있으면 밥 다 되니까 셋이서 잠깐 기다려줄래? 정말 금방 끝나니까!"

"넵, 네……. 편히 하세요."

리리아 씨는 진심으로 즐겁다는 듯 안쪽에 있는 부엌으로 돌아갔다.

긴장해서 제대로 느끼지 못하고 있었지만, 어느새 거실 전체에 아주 맛있는 냄새가 퍼져 있었다.

이 냄새는 아마도 데미그라스 소스.

최근에 만들었던 참이라 코가 잘 기억하고 있다.

다만 내가 만든 것과는 어딘가 다른 듯한……?

그 정체는 알 수 없었지만 내가 만든 것보다 더 맛있는 냄새라는 건 확실했다.

큭, 좀 분하네.

"린타로, 여기 앉아서 기다려."

레이가 다시 손을 잡아당겨서 6인용 식탁으로 나를 안내했다.

거기에는 이미 오토사키 씨가 앉아있었다. 그곳이 항상 앉는 자리라는 게 보였다.

그 옆이 리리아 씨의 자리겠지.

나는 오토사키 씨와 마주 보는 위치에 앉게 되었다.

뭘까. 정면에서 레이의 아버지와 눈을 마주 보는 건 솔직히 엄청 긴장되는데.

오토사키 씨에게는 정말로 죄송하지만, 이 자리에 안내해준 게 레이가 아니었다면 괴롭히는 거 아니냐고 의심했을 것이다.

"시도, 이런 곳까지 오게 해서 미안하구나."

"앗, 아뇨……. 원래 이 근처에 살았으니까 딱히 힘들지는……."

"그래, 전에는 이 근방에서 혼자 살았다고 했었지."

"네……. 그, 가족과 좀 일이 있어서요."

"……그렇다면 지난번에 네게 한 말은 조금 무신경했구나."

오토사키 씨가 한 말은 이전 밀스타 라이브에서 헤어질 때 나에게 던진 말을 가리키는 거겠지.

역시 시도 그룹의 아드님이야──.

그런 말이었다.

"솔직히 말해서…… 그때는 조금 놀랐다고 해야 할지, 갑작스러워서 내심 동요했었지만…… 지금은 이제 괜찮습니다. 그 후로 조금 더 마음이 정리되었고요."

"……그래. 그렇다면 다행이야."

오토사키 씨는 안도한 듯한 표정을 짓고는 찻잔을 입으로 가져갔다.

휴일의 오토사키 씨에게서는 상당히 부드러운 인상이 느껴진다.

정장을 차려입었을 때와는 천지 차이라고 해야 할까, 온일 때와 오프일 때를 잘 전환하고 있는 거겠지.

나 같은 어린애한테 들어봤자 가소롭겠지만, 역시 이 사람은 성공할 만해서 성공한 인간 같다.

"짜잔! 리리아 특제 소스 조림 햄버그랍니다! 린타로, 오늘은 많이 먹으렴!"

"가, 감사합니다……."

데미그라스 소스는 햄버그를 졸일 때 쓴 거구나.

우리 앞에 리리아 씨의 요리가 하나둘씩 추가되었다.

햄버그 말고도 수프와 집에서 구운 빵에 라자냐, 샐러드.

전부 위를 직접 후려치는 듯한 냄새를 풍기며 리리아 씨의 탁월한 요리 실력을 보란듯이 주장하고 있었다.

"어머니의 요리, 오랜만이야."

"이런 기회라도 없으면 바빠서 만들어주지 못했으니까……. 실력이 퇴화하지 않았으면 좋겠는데."

"괜찮아. 아주 맛있는 냄새."

그 대화를 듣고 나는 이게 얼마나 중요한 기회인지 새삼 이해했다.

오토사키 씨도, 오토사키 씨를 보좌하는 리리아 씨도 평소 지극히 바쁜 몸이다.

두 사람이 레이와 나를 위해 시간을 만들어주었다는 이 사실만으로도 감사하다고 해야 하는 수준이다.

"자, 우선은 식사부터. 식기 전에 먹자꾸나."

"그래! 그럼 다 함께 손을 모으고!"

생글생글 밝은 얼굴로 주도하는 리리아 씨에게 휘말려 나는 레이, 오토사키 씨와 함께 손을 모았다.

그렇게 식전 인사를 마친 우리는 그대로 식사에 손을 대기 시작했다.

"와……! 맛있어."

우선 수프를 입에 댄 순간 나는 무심코 그런 말을 흘렸다.

채소의 감칠맛이 잘 녹아든 황금색 콩소메 수프.

부담스러운 느낌은 없으면서 맛을 층층이 겹쳐놓기라도 한 것처럼 중후했다.

시판 콩소메 스톡과는 다른, 긴 시간을 들여서 끓여낸 덕분에 만들어진 진한 풍미.

이거 상당히 손이 많이 갔겠네.

나도 만들어본 적이 있기 때문에 대충 알 수 있다.

"다행이다! 햄버그도 먹어봐. 자신작이거든!"

"네……!"

추천하는 대로 나는 계속 궁금했던 햄버그에 손을 댔다.

나이프로 자른 뒤 포크로 찍어서 입으로.

햄버그에서 육즙이 흐르고, 구석구석 스며든 데미그라스 소스가 고기의 감칠맛과 어우러져 강렬한 하모니를 만들어 냈다.

고기 자체에 향신료 같은 걸로 간을 한 건지 소스를 너무 많이 묻히지 않아도 뚜렷한 맛이 느껴진다.

사실 이 과정은 의외로 중요해서, 햄버그 자체에 밑간을 하지 않으면 아무리 데미그라스 소스를 뿌리든 케첩을 뿌리든 살짝 싱겁게 느껴진다.

고기의 잡내를 잡아주는 효과도 있으니 요리를 막 시작한 사람이라면 부디 자세한 방식을 조사해보시라.

'하지만…… 그것만이 아니야.'

이렇게 먹어보자 역시 리리아 씨의 햄버그에는 내가 만든 것과는 크게 다른 부분이 있었다.

감칠맛과 냄새가 명확하게 두드러진다.

특히 스파이스한 냄새와 맛이 강하게 느껴지는데, 결코 그냥 조미료를 많이 넣었다는 느낌도 아니다.

무언가를 써서 맛을 끌어올렸다.

거기까지는 알지만 그다음, 무엇이 그렇게 만들었냐는 부분이 전혀 보이지 않았다.

"린타로? 혹시 입에 안 맞았니……?"

"앗, 아뇨! 그런 게 아니라…….."

이런, 너무 진지하게 생각에 잠기는 바람에 오해를 주고 말았다.

어쩔 수 없지. 부담스러울 것 같아서 별로 하고 싶지 않았지만, 이렇게 된 거 직접 물어보자.

이대로 답이 나오지 않는 게 더 괴롭고.

"저기, 이 데미그라스 소스…… 제가 만드는 것보다 풍미가 훨씬 진하고 깊은 맛이 나는데요. 뭔가 특별한 재료를 쓰거나 하시나요?"

"어?"

어리둥절한 얼굴인 리리아 씨.

그녀는 내 진지한 표정을 보고 무언가를 알아차린 건지 이해했다는 듯 '아하……' 하고 중얼거린 후 의자에서 일어났다.

"잠깐 기다리렴. 보여주고 싶은 게 있으니까."

그렇게 말한 뒤 리리아 씨는 부엌으로 향했다.

잠시 후 돌아온 그녀는 병을 하나 들고 있었다.

"아마 린타로가 느낀 차이는 이 와인이 이유가 아닐까?"

"와인?"

"그래. 데미그라스 소스에는 와인을 빼놓을 수 없잖아? 그래서 이 와인 자체도 내 입으로 직접 고른 걸 쓰고 있지."

"아……!"

그래, 완전히 맹점이었다.

나는 미성년자라서 아무래도 와인을 마실 수는 없다.

따라서 와인의 차이 같은 것도 이해할 수 없다.

데미그라스 소스에 맞는 와인을 고르는 건 더욱 그렇고.

애초에 살 수 있는 와인에 제한이 있으니 선택지는 없는 거나 마찬가지.

이것만큼은 노력으로 어떻게 할 수 있는 부분이 아니다.

"진한 데미그라스 소스를 만들 때는 이 와인처럼 산미가 너무 세지 않은 걸 사용하는 걸 좋아해. 스파이스가 강하니까 육두구를 섞은 햄버그와 상성도 아주 좋아."

"그, 그렇군요……!"

나는 감동했다.

술이란 개념은 앞으로 나이를 먹어야 비로소 이해할 수 있는 것.

언젠가 그걸 제대로 다룰 수 있게 된다면 또 요리의 폭이 넓어진다.

요리에 쓰는 술이라면 종류는 한정적일 테지만, 딱히 술을 거기에만 쓰는 건 아니다.

예를 들어 그 요리에 어울리는 술을 고를 수 있게 된다면 어떻게 될까?

언젠가는 술을 배우게 될 테니까, 기왕이면 생활을 풍성하게 만들기 위해 즐기는 수준까지 가고 싶다.

아직 나에게는 성장할 여지가 있다──.

그게 참을 수 없이 기쁘다.

"후후후, 이럴 때는 귀여워지는구나, 린타로."

"앗…… 죄송합니다. 너무 흥분했죠."

"아니야, 괜찮아. 내가 이래 봬도 옛날에는 요리를 열심히 연구하면서 남편에게도 많이 먹였거든. 하지만 생활이 바빠진 뒤로는 손이 많이 가는 요리를 만들 시간이 전혀 없어서……. 그래서 오랜만에 요리 이야기를 해서 기뻐."

리리아 씨는 아쉽다는 듯 웃었다.

전에 레이는 집에서 식사하는 게 쓸쓸하다고 했다.

부모님이 모두 바빠서 함께 보내는 시간이 없다.

그건 내 처지와도 비슷한 느낌이 들어서 멋대로 친근감을 느꼈다.

하지만 본질은 전혀 다르다.

이 집에는 분명한 애정과 온기가 있었다.

부럽다──.

또다시 그런 감정이 싹튼 것을 깨닫고 무심코 놀았다.

여태까지는 없었던 감정이 어느새 내 안에 확립되고 있다.

오랜만에 아버지를 만났기 때문일까?

왠지 그건 그거대로 그 인간에게 영향받는 느낌이라 기분이 복잡하지만, 뭐, 이 마음 자체에 거짓말은 할 수 없다.

"성인이 되면 이 집에서 와인을 마시는 건 어떻니? 나도 남편도 와인 수집이 취미거든. 워낙 심오해서 겉핥기밖에 안 될지도 모르지만, 그래도 충분히 즐거울 거야."

"감사합니다. 그때는 부탁드릴게요."

"후후후, 린타로도 와인을 좋아하게 되면 좋겠네. ……아! 그보다 지금은 여기에 있는 요리를 즐겨줘. 특히 그 라자냐는 참 맛있거든?"

리리아 씨가 테이블 중앙에 놓인 라자냐를 가리켰다.

냄새로 데미그라스 소스에 낚여버렸지만, 이것도 확실히 아주 맛있어 보인다.

나는 1인분을 접시에 덜어온 뒤 포크를 써서 입으로 가져갔다.

"이것도 너무 맛있어요……!"

진한 치즈와 미트 소스가 얇은 판 형태의 파스타와 어우러져 고급스러운 감칠맛을 만들어냈다.

굳이 따지라면 어린아이가 좋아하는 맛이라기보다는 조금 어른스러운 인상이다.

미트 소스에도 와인을 썼는데, 역시 그게 중요한 걸까?

물론 그것만으로는 큰 차이가 없을 테지만, 역시 다른 재료나 조미료와의 조화가 모든 것을 잡아주고 있는 거겠지.

"후후, 굉장히 좋아해 줘서 기쁘네. 그렇지? 레이."

"네?"

나는 무심코 레이를 보았다.

레이는 어느새 긴장한 얼굴로 나를 보고 있었다.

설마 하는 마음으로 나는 그녀와 라자냐를 번갈아 쳐다봤다.

"이거…… 레이가 만든 거야?"

"응……. 물론 어머니가 도와줬지만, 반은 내가 만들었어."

"우와……!"

"린타로에게 평소 보답을 하고 싶어서 어머니에게 상담한 결과야."

대단히 오만한 시선이라서 미안하지만, 어쩐지 감동하고 말았다.

집안일은 전혀 하지 못하던 그 레이가 요리를 만들었다는 사실.

이건 틀림없는 성장이다.

그리고 그 성장이 나를 위해서라는 게 아무튼 기쁘다.

"……이럴 때 요리를 못하는 남자는 어깨가 움츠러드는구나."

우리의 즐거운 대화를 듣고 오토사키 씨가 쓴웃음을 지었다.

아, 이런. 확실히 오토사키 씨를 계속 소외하고 말았다.

"후후, 미안해 여보. 린타로가 요리를 좋아한다고 듣고 그만 이야기에 몰입해버렸네."

"아니, 오늘은 시도를 대접하기 위해 만든 자리니까. 그가 즐겁다면 그게 가장 좋지."

참으로 감사한 말이다.

솔직히 리리아 씨에게 물어보고 싶은 게 아직 더 많았다.

레이의 요리도 더 물어보고 싶고, 화제는 한참 많이 남았다.

지금은 오토사키 씨의 호의를 받아들여 잠시 즐기도록 하자.

내 '본론'은 나중에──.

"아버지에 대해 알고 싶다고?"

"……네."

식사 후 나는 식탁을 사이에 두고 앉아 오토사키 씨에게 질문을 던졌다.

내 아버지, 시도 유타로에 대하여──.

아무리 생각해도 역시 나는 아버지에 대해 너무 모른다.

싫어한다면 싫어하는 대로 제대로 된 이유가 필요하다.

참고로 레이와 리리아 씨는 부엌에서 뒷정리를 하고 있다.

"너와 시도 씨의 관계는 조금 전에 대략적으로 들었지. 너는 아버지에게 다가가려고 하는 거니?"

"솔직히 저도 저를 잘 모르게 되어서……. 확실히 저는 아버지를 원망하고 있지만, 정말 정당하게 그 사람을 원망하고 있는지……. 그 부분이 불안정해진 것 같다고 해야 할까요."

"흠……."

오토사키 씨는 잠시 생각에 잠겼다.

분명 나에게 어떻게 이야기해야 할지 신경 써주는 거겠지.

그 배려는 솔직히 고마웠다.

"……시도 씨와 처음 만난 건 그야말로 10년 정도 전인가. 기업 교류회에서 인사한 게 계기가 되어 아는 사이가 되었지."

"……."

"그때 나는 그가 데려온 너를 보았고."

"그래서 저를 알고 계셨군요."

"그래. 이렇게 말하면 네게 실례일지도 모르지만…… 파티에서 봤던 너와는 인상이 상당히 달라져서 처음에는 눈치채지 못했단다."

내가 어린 시절과는 크게 달라졌다는 건 자각하고 있다.

확실히 옛날의 나는 더 밝고 눈이 반짝반짝 빛났겠지.

뭐, 지금은 눈매도 상당히 더러워졌지만——.

"여하간, 내가 시도 씨에 대해 알고 있는 건 그리 많지 않아. 워커 홀릭이라는 점, 항상 냉정침착하게 만사를 판단할 수 있다는 것 정도는 너도 알지?"

"그렇, 죠."

뭐, 그렇겠지.

특별히 친한 건 아니었던 모양이니까 오토사키 씨도 왜 자기에게 물어보는 건지 의아할 거다.

"——다만."

"……?"

"그 파티에서 시도 씨는 네 이야기를 했어."

"네?"

나는 그 말을 듣고 무심코 굳어버렸다.

그 아버지가 내 이야기를 했다고?

도저히 믿어지지 않았다.

"회사를 경영하는 사람으로서 나는 당시 아들이 있는 시도 씨가 부러웠지. 지금은 레이가 있다는 행복에 감사하고 있지만, 아버지인 나와 경영자인 나는 역시 감각이 달라서 말이야. 그런 부분에 대해 조금 물어보았지."

오토사키 씨는 어딘가 추억에 잠기듯 눈을 가늘게 휘었다.

"나는 그때 너를 회사 후계자로 삼을 거냐고 물었어. 하지만 시도 씨는 자기 욕심으로 아들에게 뒤를 물려줄 마음은 없다고 단호하게 대답했지."

"뒤를 물려줄 마음은 없다……."

"아들은 자기와는 다르게 아내의 사교적인 부분을 강하게 물려받았다, 그러니 분명 자기보다 요령 있게 살아갈 거다—— 그런 식으로도 말했고."

뭐야, 그게.

그런 말이 튀어 나갈 뻔한 나는 무심코 손으로 입을 눌렀다.

"나는 사교적인 성격이라면 더욱 뒤를 물려줘야 하는 게 아니냐고 생각했지. 하지만 시도 씨는 생각이 달랐던 모양이야."

"……아버지는 저에게 뭘 시키고 싶었던 걸까요."

"너도 생각이 많이 굳은 모양이구나."

"굳었다고요?"

"옛날의 나였다면 이해하지 못했겠지만, 아버지로서 경험을 쌓은 지금이라면 알지. 시도 씨는 네가 자유롭게 살길 원했던 게 아닐까?"

자유롭게 살기를.

그 말이 내 머릿속에 있던 의문과 강하게 이어졌다.

아버지는 정말로 나에게 회사를 잇게 만들고 싶은 거냐는 의문.

역시 아무리 기억을 뒤져도 아버지는 나에게 후계자가 되라는 말은 하지 않았다.

정말로 그 남자는 내가 자유롭게 살길 원하는 건가……?

"시도 씨는 내가 봐도 다소 표현이 부족해 보이고 오해를 사기 쉬운 사람인 것 같지만, 결코 누군가를 경시할 수 있는 성격은 아닐 거야. 오랫동안 경영자로서 사람들을 봐온 나는 막연하게 느낄 수 있지."

참으로 설득력이 있는 말이었다.

오토사키 씨는 결코 나를 위로하기 위해 하는 말이 아니다.

그 표정을 보는 한, 적어도 마음속 깊은 곳에서 생각한 말을 해 주는 것처럼 보인다.

"다만 너는 뒤를 이어받게 하려고 해서 아버지를 원망하는 건 아니잖아?"

"……그렇죠. 그것만은 아닙니다."

결국 내가 아버지에게 가장 강하게 느끼는 감정은 어머니와 나를 방치했던 원한이다.

아무리 아버지가 나를 생각해준다고 해도 그 사실만은 변하지 않는다.

"음……. 그 부분은 나도 남 말할 수 있는 처지도 아니고 옹호하지도 못하겠구나. 마음껏 원망해도 되겠지."

"하하하, 오토사키 씨도 그런 말씀을 하시는군요."

"부모에게는 부모의 책임이 있어. 그게 이 세상에 새 생명을 태어나게 한 사람이 짊어지게 되는 사명이지. 의도한 게 아니라고 한들 그걸 경시한 인간이 욕을 듣는 건 어쩔 수 없는 거라고 봐."

오토사키 씨의 말은 자기자신을 향한 훈계처럼 들리기도 했다.

역시 레이를 외롭게 만들었다는 사실에 강한 죄책감을 느끼고 있는 거겠지.

"조금은 참고가 되었을까?"

"……네. 감사합니다."

"앞으로 너는 어떻게 하고 싶니?"

"지금은 제가 뭘 하고 싶은 건지 잘 모르겠지만…… 조만간 아버지를 한 번 더 만나러 가려고 합니다."

"……그렇구나."

만나서 뭘 하려는 건 아니다.

그 인간에게 품은 원한이 사라진 것도 아니다.

지금은 가까워지고 싶다는 생각도 없다.

그래도 역시, 이대로 그냥 둘 수는 없다는 것만은 안다.

나는 시도 유타로의 아들이고, 그 인간은 시도 린타로의 아버지니까.

"오늘은 정말 잘 먹었습니다."

오토사키가를 나온 나는 현관까지 배웅하러 온 오토사키 씨와 리리아 씨를 향해 머리를 숙였다.

시각은 밤 9시를 앞둔 상태.

돌아가기에 적절한 시각일 것이다.

"천만에. 평소 레이가 신세 지는 보답이었으니까. 또 놀러 오렴. 요리 이야기 또 하고 싶어."

"네, 꼭이요."

오토사키 씨와 대화를 마친 뒤 나는 리리아 씨와 오랫동안 요리 이야기를 했다.

어른의 지식량은 어린아이인 나와는 비교가 되지 않아서 참고가 되는 이야기 투성이였다.

앞으로 기회가 된다면 더 이야기를 듣고 싶었다.

"우리도 좀처럼 시간을 내지 못해서 미안하지만, 앞으로도 너를 환영하고 싶단다. 또 무언가 곤란한 일이 있다면 가볍게 상담해 줘."

"감사합니다. 그렇게 하겠습니다."

"······앞으로도 레이를 잘 부탁한다."

나는 재차 두 사람을 향해 머리를 숙였다.

레이도, 이 두 사람도 슬프게 할 수는 없다.

그러기 위해서도 나는 우선 내 주변에서 일어나는 일을 해결해야만 한다.

"그럼 돌아가자, 린타로."

"어."

나는 레이와 함께 오토사키가의 부지에서 나와 오토사키 씨가 불러준 택시를 탔다.

레이는 여기서 자고 가도 되지 않나 했지만, 꼭 나와 같이 돌아가고 싶다고 고집을 부렸기 때문에 이렇게 함께 맨션으로 돌아가게 되었다.

오토사키 씨와 리리아 씨도 내일은 일찍 일어나야 한다고 하니 결과적으로는 이렇게 되는 게 다행이었던 건지도 모르지만.

뭐, 택시라면 같이 있는 모습은 거의 보이지 않을 테고 주변 시선도 신경 쓰지 않을 수 있다.

'게다가…… 레이에게도 물어봐야 하는 게 있었으니까.'

나와 레이는 잠시 아무 말도 하지 않았다.

우선은 이 침묵을 깨기 위해 나는 입을 열었다.

"고맙다, 레이. 오늘은 오길 잘했어."

"응, 아버지도 어머니도 기뻐했고, 그렇게 말해주면 나도 기뻐."

이러니저러니 해도 레이와의 관계를 인정해준다는 건 나에게는 무척 감사한 일이다.

본래대로라면 한창때의 딸이 또래 남자와 같이 생활한다니 무서운 일일 텐데도.

그걸 허락해준다는 건, 역시 나름대로 나를 신뢰해준다는 증거라고 본다.

"아까 아버지와 무슨 이야기 했어?"

"응? 아, 내 아버지에 대해서."

"린타로의 아버지?"

"지난번에 오토사키 씨와 내 아버지가 면식이 있다고 해서 자세히 물어봤거든. ……나는 아버지에 대해 아는 게 없었으니까."

내가 그렇게 말하자 레이의 표정이 조금 어두워졌다.

"린타로, 쓸쓸하지 않아?"

"어? 어, 뭐…… 옛날에는 그야 외로움도 느꼈지만 지금은 딱히? 너희도 있고, 고독과는 거리가 먼 생활을 보내고 있잖냐."

"그렇게 말해주면 나도 기쁘지만……."

레이 본인이 외로워했기 때문에 나를 걱정해주는 거겠지.

이 녀석은 자기 일보다 나를 우선하려는 경향이 있다.

그게 기쁘면서도 좀 더 스스로를 우선해줬으면 하지만── 이 건 나중으로 미루고.

"레이."

"왜?"

나는 잠시 머뭇거린 후 어떠한 사실을 확인하기 위해 입을 열었다.

"10년쯤 전에 기업 파티에서……."

──너 나와 만났었지?

그렇게, 물었다.

"……기억하고 있었어?"

"아니, 정확하게는…… 생각났다고 할까."

아버지에 대해 떠올리려고 하는 과정에서 나는 오토사키 씨와 처음 만났던 것 같은 파티가 생각났다.

어째서 잊고 있었을까?

아니── 잊고 있었다기보다는 나는 그 시절을 떠올리지 않으려 하고 있었다고 봐야 한다.

지금은 앞을 가리고 있던 걸 벗은 기분이다.

선명한 건 아니지만 조금씩 기억이 되살아나고 있다.

"그때 오토사키 씨가 데려온 금발 여자애…… 그게 너지?"

"……응."

레이는 마치 포기한 어린아이처럼 작게 고개를 끄덕였다.

아무래도 내가 혼내고 있다고 생각한 모양이다.

"표정이 어두워졌다는 건…… 이렇게 나와 재회한 것도, 역시 그냥 우연이 아니었나 보네."

"……응. 나는 계속 린타로를 기억하고 있었어. 그날 이후로 계속 만나고 싶어서…… 계속 찾았어."

"그럼 그날 역에서 나와 만난 것도?"

"전부 우연인 건 아니야. 거기서 발견한 건 우연. 하지만 접근한 건 내 의지야."

"…∴그렇단 말이지."

레이는 계속 나를, 그리고 아마도 시도 그룹의 인간이라는 과거를 알고 있었다.

왜 말하지 않았던 건지 나는 그 이유를 알아차릴 수가 없다.

하지만──.

"……그동안 미안했다."

"어?"

"내가 널 전혀 떠올리지 못해서 꽤 답답했지? 많이 너무한 짓을 했어……."

오랜만에 재회했더니 상대방은 자신을 잊어버렸다.

잘 생각해 보지 않아도 그건 무척 안타까운 이야기다.

"——아니야."

"어?"

"오히려 나는 계속 린타로에게 사과하고 싶었어."

레이는 조금 젖은 눈으로 나를 보고 있었다.

무심코 멈춘 나는 그녀의 눈을 마주 바라보았다.

"확실히 린타로가 잊어버렸던 건 조금 외로웠어. 하지만 린타로의 과거를 듣고 만약 나 때문에 떠올리고 싶지 않은 기억을 떠올리게 된다면…… 나를 싫어하게 될지도 모른다고 계속 불안했어."

그건 틀림없이 그녀의 본심에서 우러나온 불안.

지금 생각해 보면 레이를 만난 뒤로 나는 몇 번 옛날 일을 떠올릴 뻔했었다.

트라우마를 떠올릴 뻔해서 이상한 꿈을 꾼 적도 있었다.

그런 의미로는 확실히 레이의 불안은 적잖이 현실이 되어 있었다.

"그 파티에서 린타로와 같이 케이크를 먹은 건…… 지금도 어제 일처럼 떠올릴 수 있어. 린타로가 나에게 먹는 기쁨을 가르쳐 주었어."

"……."

"린타로는…… 옛날 일을 떠올린 지금도 나와 같이 있어 줄 거야?"

이쪽을 살펴보는 듯한 레이의 시선.

레이의 불안과 후회, 그리고 기대가 밀려드는 가운데 나는 한숨을 한 번 쉬었다.

"……바보냐. 일일이 그런 거 물어보지 마."

"응."

나는 레이의 머리에 손을 올리고 거칠게 쓰다듬었다.

본래 여성의 머리카락을 건드리는 행위는 금기로 치는 나였지만, 지금은 이 정도로 거칠게 대할 필요가 있을 것 같았다.

"옛날 일이 떠올랐다고 해서 너에게서 멀어지진 않아. 오히려 지금까지 억지로 떠올리도록 자극하지 않아 줘서 고마워. 덕분에 드디어 마주 볼 각오가 생겼어."

"마주 볼 각오……?"

"어. 아버지에게도, 텐구지에게도 해야만 하는 말이 많아. 뭐…… 매듭을 지어야만 한다는 느낌?"

나는 과거를 청산하지 않은 채 여기까지 와 버렸다.

내가 살아가기 위한 지반이 계속 단단해지지 못했다.

지금이라면 냉정하게 마주 볼 수 있을 것 같다.

과거를, 어머니에게 버려진 트라우마를, 지금이라면 극복할 수 있을 것 같다.

"레이, 계속 내 옆에 있어줘. 네가 있으면 그것만으로도 기운이 나."

"진짜……?"

"어, 이런 상황에서 거짓말은 안 해."

"······기뻐."

택시 좌석에 놓여있던 내 손에 레이의 손이 겹쳐졌다.

운전기사가 있지만 뭐, 이 정도는 괜찮겠지.

적어도 지금은 이 손을 뿌리칠 마음이 들지 않았다.

◇ ◆ ◇

린타로가 오토사키가를 찾아간 날의 낮.

텐구지 유즈카는 다시 시도 그룹 본사를 방문했다.

선약은 잡아두었기 때문에 쉽게 회사 안으로 들어갈 수 있었던 유즈카는 비서를 한 명 대동한 상태로 사장인 시도 유타로가 있는 방문을 노크했다.

"──들어오시죠."

"실례합니다."

유타로의 대답을 들은 뒤 유즈카는 안으로 발을 들여놓았다.

방 안에는 유타로와 그의 부하인 소피아가 있었다.

유타로는 소파에 앉아 그 맞은편을 유즈카에게 권했다.

"오늘은 무슨 용건으로 오셨습니까?"

"저희 회사, 텐구지 그룹과 시도 그룹의 합병안에 대하여 이야기하고 싶어서 이렇게 찾아뵙게 되었습니다."

"합병안······?"

권유하는 대로 소파에 앉은 유즈카는 비서의 가방에서 몇 개의 자료를 꺼내 양측 사이에 있는 테이블 위에 놓았다.

유타로는 그걸 들고 페이지를 넘기며 훑어보았다.

"저희와 시도 님이 손을 잡는다면 국내의 이익만이 아니라……
해외 이익도 이전보다 더 향상시킬 수 있게 될 것입니다. 틀림없
이 양측에 이득이 있습니다."

"……이야기 자체는 이해하고 있습니다. 다만 이 이야기는 **이
미 거절했을 텐데요**?"

"윽……."

유타로의 날카로운 시선을 받은 유즈카는 말문이 막혔다.

실제로 린타로와의 약혼에서 일단 물러난 그녀는 이 이야기를
시도 그룹에 가져갔다.

하지만 시도 그룹의 대답은 'NO'.

유타로만의 판단이 아니라 각 부서에서 '꼭 해야 할 필요는 없
다'고 판단했다.

"확실히 이 안건을 진행하면 서로 얻을 수 있는 이익도 증가합
니다. 하지만 동시에 자신들이 본래 얻었던 이익을 나눠야만 한
다는 단점이 있죠. 저희 회사는 저희 회사만으로 충분히 성장할
수 있고, 귀사와 손을 잡을 때의 장점은 그리 많지 않습니다."

"그, 그건……."

"애초에 이 이야기를 어째서 사장 따님인 당신이 가져온 겁니
까? 이런 것은 영업부의 인간이나, 그야말로 사장인 텐구지 슈스
케가 오는 게 상식입니다. 굳이 어린아이인 당신을 보내는 의미
를 알 수 없군요."

유타로의 말은 지극히 옳았다.

본래 이러한 자리에 17살인 사장 딸이 있는 것 자체가 부자연스럽다.

당연한 지적을 받은 유즈카는 입술을 깨물었다.

"가능하다면 사정을 들려주실 수 있습니까."

그 질문에 유즈카는 포기한 듯 작게 숨을 뱉었다.

"……시도 그룹과의 합병을 원하는 게 다름 아닌 저이기 때문입니다."

"당신이?"

"네……. 본래 저희 회사는 다른 회사와 합병을 진행하고 있었습니다. 추진자는 당연히 제 아버지, 텐구지 슈스케입니다. ──하지만 그 과정에서 저와 그 회사 아드님과의 혼담이 나왔습니다."

"……."

텐구지 유즈카가 시도 린타로와 하려고 했던 정략결혼이란 뜻이다.

그녀는 그 일을 떠올리며 자신의 팔을 문질렀다.

마치 현실에서 스스로의 몸을 지키려고 하는 것처럼──.

"여기까지 왔으니 전부 솔직하게 말씀드리겠습니다. 저는……시도 린타로 님을 연모하고 있었습니다. 따라서 먼저 시도 그룹과 합병하게 되어 린타로 님과 약혼할 수 있다면, 마음에 없는 사람과 맺어지지 않을 수 있다고 생각했죠."

"……그렇군요. 하지만 저희 회사와의 관계는 불확정 요소가 많아서 합병이 성사되지 않을 가능성이 있는 이상 먼저 합병 이야기가 나오던 회사를 배제할 수도 없었다는 겁니까."

"네. 아버지나 영업부가 나서서 시도 그룹과 합병을 추진하면 상대 회사에서 손을 뗄 가능성이 컸고…… 따라서 개인적으로 움직일 수 있는 제가 직접 교섭에 나서 물밑에서 성사하는 것이 최선이었습니다."

다행히 유즈카는 텐구지 그룹에 헌신하기 위해 어릴 때부터 비즈니스 교육을 받았다.

경험이 부족하다는 단점은 있으나 혼자서 움직여도 어느 정도 프레젠테이션은 가능하다.

그것을 최대한으로 활용한 우회 작전이었던 것이다.

"즉…… 당신의 개인적인 사정이라는 겁니까."

"윽……. 네, 그렇습니다."

유타로는 잠시 생각에 잠겼다.

그렇게 짧은 침묵 후 그는 다시 입을 열었다.

"그렇다면 저희 회사로서는 역시 그 기획을 받아들일 수는 없습니다. 저희 사원들을 당신의 사정에 휘둘리게 할 수는 없으니까요."

"……그렇, 죠."

처음부터 유즈카도 알고 있었다.

이 계획은 시도 린타로를 손에 넣지 못한 시점에서 막혔다는 것을.

자신의 운명을 받아들이기 위해 그녀는 살며시 눈을 감았다.

"마지막으로 한층 개인적인 질문을 해도 괜찮겠습니까?"

"……말씀하시죠."

"어째서 아드님을 후계자로서 대하지 않는 겁니까?"

유즈카의 질문을 받은 유타로는 입을 다물었다.

이상한 질문처럼 들리기도 하지만, **그런 삶의 방식**밖에 모르는 유즈카에게는 지극히 당연한 의문.

그녀는 알고 싶었다.

자신과 시도 린타로는 대체 무엇이 다른지——.

"제가 린타로를 이 회사에 억지로 관여하게 하지 않는 이유는……."

그것은 지금보다 훨씬 더 어릴 때의 이야기.

나는 아직 4살 정도의 나이였을 것이다.

그때의 나는 무척 내성적인 성격이라 주변에서도 무척 얌전한 아이로 인식했다.

그래서 내가 불리해지는 말을 들어도 제대로 반박하지 못했던 것을 지금도 선명히 기억한다.

"앗! 유즈카가 꽃병 깼어!"

"어……?"

유치원 안에 있는 자신의 교실에서 놀던 나에게 갑자기 한 남자아이가 소리쳤다.

당시 남자는 무서운 존재로 인식하고 있던 나는 그것만으로도 놀라서 말문이 막혀버렸다.

확실히 나는 교실 뒤쪽에 있는 로커 근처에 있었다.

그 로커 위에 원생들이 다 함께 돌보던 꽃병이 놓여있던 것도 사실이다.

하지만 나는 그 꽃병을 건드리지 않았다.

그걸 말로도 할 수 있었다면 좋았을 텐데——.

"어…… 으……."

"유즈카 나빴다! 선생님에게 말해야지!"

"아, 아니……."

나중에 알게 된 일이지만 이때 꽃병을 깬 건 이렇게 나에게 심술을 부린 남자아이였다고 한다.

요컨대 잘못을 나에게 뒤집어씌운 것이다.

지금 와서는 별 감정이 일어나지 않지만, 당시에는 무척 부당한 일이었다.

어쨌거나 나는 선생님을 부르러 교실에서 나가는 남자아이를 막지 못했다.

그리고 잠시 후 우리의 담임 선생님이 나타났다.

"아이고…… 크게도 깨졌네. 다들 안 다쳤어?"

"선생님! 그거 유즈카가 깼어!"

"……유즈가?"

선생님의 눈이 나를 향했다.

혼난다고 생각한 나는 이때도 제대로 말을 하지 못했다.

착한 선생님이었고, 그렇게 무턱대고 화내는 사람이 아니라는 걸 지금은 안다.

다만 당시의 나에겐 어른은 다 내 아버지처럼 딱딱한 말로 버럭버럭 화내는 사람인 줄로만 알았다.

"유즈가 깬 거니? 어쩌다가 깬 거야?"

"으…… 으으."

아 말도 하지 못하게 된 나를 남자아이가 놀렸다.

하지만 어떻게 해야 할지 선생님의 표정이 어두워진 순간, 내 앞에 다른 남자아이의 등이 끼어들었다.

"선생님, 꽃병은 제가 유즈에게 부딪쳤을 때 깨진 거예요. 그러니까 유즈는 나쁘지 않아요."

"어······?"

그 남자아이── '린'은 모두가 보는 앞에서 당당히 그렇게 말했다.

린은 무척 똑똑한 아이였다.

내가 겁을 먹은 걸 알아차리고 최대한 빨리 이 공간에서 해방시키기 위해 진범인 남자아이의 발언과 모순이 발생하지 않도록 말을 고른 것이다.

물론 그것도 지금 생각해 보면 그랬다고 알 수 있는 거지, 당시 린이 의식적으로 그렇게 한 건지는 알 수 없다.

다만 그 '시도 린타로'라면 가능했어도 이상하진 않았다.

그런 게 아니라면 자기는 아무런 상관도 없는데 굳이 본인에게 화살을 돌리는 짓은 하지 않을 테니까.

"······알았어. 아무도 안 다쳤다면 이번에는 그런 걸로 할게. 다음부터는 조심하렴. 꽃병이 깨지면 위험하니까."

"네, 죄송합니다."

머리를 숙이는 린을 따라 나도 순간적으로 머리를 숙였다.

깨진 꽃병을 치우는 선생님을 보며 나는 안도로 가슴을 쓸어내렸다.

혼나지 않은 덕분에 나는 긴장에서 해방되었다.

꽃병을 깬 장본인인 남자아이도 무사히 넘어간 셈이지만, 아까부터 계속 나와 린을 힐끔힐끔 보고 있었다.

아마도 뒤늦게 죄책감이 싹튼 모양이다.

그런 것까지 눈치채지 못했던 당시의 나는 그 아이를 무시하고 말았지만.

"괜찮아? 유즈."

"응…… 괜찮아. 하지만 린이 나쁜 아이가 되었어……."

"그런 건 상관없어. 혼나지 않아서 다행이야."

린은 부드럽게 웃으며 내 등을 쓰다듬어주었다.

그게 너무 따뜻해서, 다정해서.

지금도 어제 일처럼 그 감각을 떠올릴 수 있다.

내가 그를, 시도 린타로를 좋아하게 된 계기니까——.

"무슨 일 있으면 나한테 말해. 유즈를 꼭 도와줄게!"

"정말……?"

"응! 내가 유즈의 히어로가 될게!"

따뜻하고, 다정하고, 강한 사람.

나에게 시도 린타로는 그런 사람이다.

다른 남자에게서는 느끼지 못하는, 강한 안심감을 주는 존재.

그는 지금도 내 히어로가 되어줄까?

——아니, 그럴 리가 없죠.

레이의 본가를 방문한 다음 날.

평소처럼 학교 수업을 받은 나는 돌아갈 준비를 하며 창밖을 보았다.

"……."

교문 앞에 서 있는 검은 자동차.

아마도 텐구지의 차다.

지난번에 봤던 것과 같은 차종이니까.

"오늘은 왔구나, 텐구지."

옆에 있는 유키오가 마찬가지로 밖을 보며 중얼거렸다.

유키오는 아직 남자 교복을 입고 있었지만, 이따 학교에서 나갈 때는 일부러 여장하고 나간다.

그날 이후로 계속 내 여자친구 역할을 맡아주고 있으니까.

여담이지만 요즘 학교에 어느 반 소속도 아닌 예쁜 여학생이 돌아다닌다는 소문이 도는 모양이다.

대체 누구일까?

나는 시치미를 떼고 모르는척했다.

"솔직히 이제 안 올 줄 알았는데…… 마음이 바뀐 건지도 모르겠어."

여장한 유키오가 등장한 단계에서 텐구지에게서 체념의 기운을 막연하게 느꼈다.

하지만 이렇게 다시 나타났다는 건 무언가 돌파구를 찾았거나, 오기가 생겼거나——.

적어도 경계해서 나쁠 건 없다.

"미안하다, 유키오. 갈아입고 와 줄래?"

"물론이지. 내가 나서서 받아들인 일인걸."

그렇게 말하며 유키오는 갈아입을 옷을 들고 교실을 나갔다.

정말 든든한 친구다.

"자, 그럼."

유키오를 기다리는 동안 나는 돌아갈 준비를 마쳤다.

집에서 해야만 하는 숙제를 가방에 넣은 뒤 신발장으로 걸어갔다.

신발장에서 스마트폰을 만지며 기다리기를 몇 분.

주변의 시선을 의식하듯 조심조심 걸어온 유키오와 합류한 뒤 우리는 교문으로 향했다.

"······기다리고 있었습니다, 린."

"오늘은 무슨 일이야?"

차에서 내린 텐구지와 마주 봤다.

옆에 있던 유키오는 텐구지의 모습을 보자마자 경계심을 드러내며 애인임을 강조하기 위해 내 팔에 매달렸다.

연출은 좋지만, 조금 과하게 붙는 거 아니냐?

"옆에 계신 분에 대해 조금 조사했습니다. 이나바 유키오 씨 맞죠?"

"······그게 왜?"

"당신은 호적상 남성으로 등록되어 있던데, 정말로 린의 애인입니까?"

저런, 드디어 그 부분을 파고들었나.

"뭐, 뭐 어때. 남자끼리 사귄다고 해도······. 사람을 좋아하는데 성별은 상관없어."

"하지만 이 나라에서는 아직 동성끼리 결혼은 불가능하죠?"

"그 정도는 알아. 하지만 그게 왜?"

"그럼 린의 아내 자리는 앞으로도 비어있다는 뜻이죠? 부디 그 자리를 양보해주시겠어요?"

"뭐⋯⋯?!"

아하, 그렇게 나오신다?

확실히 나와 유키오가 정말 애인이라고 해도 현대 일본에서는 아직 결혼까지 가기 어렵다.

그런 의미로는 결혼 상대까지 유키오에게 담당해달라고 할 수 없는 노릇이다.

다만 뭐, 이건 그런 문제가 아니라――.

"⋯⋯농담입니다. 그렇게 경계하지 말아주세요. 두 분 모두."

"노, 농담으로 안 들렸어⋯⋯."

"린과 결혼하고 싶은 건 진심이니 마음만은 담겨있었으니까요. ⋯⋯그보다 슬슬 애인 연기는 그만두시죠?"

"애인 연기라니⋯⋯! 우리는――."

"괜찮습니다. 이제와서 린을 어떻게 하려는 생각은 없으니까요."

"⋯⋯⋯⋯."

유키오가 내 쪽으로 시선을 돌렸다.

'어떻게 할까?'라는 의문을 던지고 있는 거겠지.

나는 한숨을 한 번 쉰 뒤 유키오의 등을 가볍게 두드렸다.

그것만으로도 내 의도를 알아차린 유키오는 살며시 내 팔에서 손을 놓았다.

지금 텐구지에게서는 악의가 전혀 느껴지지 않는다.

나를 어떻게 할 생각이 정말 없는 거겠지.

"나를 어떻게 해볼 생각이 없는 거라면 여기에는 왜 또 왔냐?"

"후후, 드디어 다시 본래의 말투가 되었군요."

"시끄럽고. 주변의 눈이 있는 곳에서 거친 말투를 쓰고 싶지 않은 것뿐이야."

"TPO를 지킬 줄 아는 남성은 참 매력적이죠."

"그러니까 장난치지 말고. 왜 왔냐고 물었는데."

내 질문에 텐구지는 어딘가 쓸쓸하다는 듯한 미소를 지었다.

그러더니 나를 향해 갑자기 머리를 푹 숙였다.

"린, 부디 오늘 하루만…… 저를 따라와 주실 수는 없을까요?"

"……싫다고 하면?"

"얌전히 돌아가겠습니다."

"정말이지?"

"네. 한 입으로 두말하지 않습니다."

머리를 숙인 채 텐구지는 그렇게 말했다.

나는 그 모습을 지켜본 뒤 다시 크게 한숨을 쉬었다.

"……미안하다, 유키오. 오늘은 먼저 돌아가."

"괜찮아?"

"어, 사실 나도 이 녀석에게 해야 할 말이 있거든."

"……알았어. 린타로가 그렇게 말한다면 나는 네 뜻을 따를게."

유키오는 어쩔 수 없다는 듯 어깨를 으쓱한 뒤 나에게서 떨어졌다.

"일단 무슨 일이 있으면 연락해! 아직 나는 린타로의 가짜 애인이니까!"

"어, 애인에게는 비밀을 안 만드는 게 내 신조거든. 끝나면 보고하마."

"……알았어. 기다릴게."

나는 혼자 돌아가는 유키오의 등을 지켜보았다.

정말 저 녀석은 최고의 친구다.

이렇게 내 의도를 속속들이 읽어내는 인간은 또 없을 거다.

전부 끝나면 끝내주게 맛있는 걸 만들어줘야지.

"그럼 가자. 이동할 거지?"

"네, 차를 타 주세요."

"오냐."

나는 고개를 한 번 끄덕이고 텐구지와 함께 차를 탔다.

안에는 운전기사 남자가 한 명. 널따란 차이지만 다른 사람은 없었다.

텐구지가 문을 닫자 차가 천천히 움직였다.

차 안에는 도망칠 곳이 없으니 이대로 어딘가에 연금된다고 해도 어떻게 할 수 없는 상황이긴 하지만 내 마음은 계속 침착했다.

"……이나바 유키오 씨, 좋은 친구분이군요."

"어? 어, 최고의 절친이지."

"부럽네요. 저에게는 그렇게 부를 수 있는 또래 친구는 없으니까요."

"텐구지 그룹의 딸이라고 하면 그야 주변에서도 조심스럽게 대할 수밖에."

"후후후, 맞습니다. 저 자신은 그런 강한 힘 같은 건 없는데도…….'"

창밖을 바라보는 텐구지는 쓸쓸한 목소리로 그렇게 중얼거렸다.

무언가가 조금이라도 달랐다면 분명 나는 그녀와 같은 처지였을 것이다.

그때 어머니가 집을 나가지 않았다면, 아버지가 조금 더 엄격한 사람이었다면 이런 식으로 평범한 고등학생으로서 지내지 못했을지도 모른다.

"즐겁습니까? 혼자 사는 건."

"……그럭저럭. 뭘 해도 자유로우니까. 대신에 그만큼 내가 전부 스스로 해야 한다는 건 힘들지만."

"소문으로는 집안일이 아주 능숙하다고 들었습니다."

"그런 소문은 어디서 들은 거야……. 뭐, 집안일은 싫어하지 않아. 장래에 전업주부가 되기 위해 단련하고 있거든."

"그렇군요. ……그럼 저와 결혼해서 당신은 전업주부가 된다는 건 어떻습니까? 회사는 제가 경영할 테니까요."

"상당히 매력적인 제안이지만 회사 간의 장기말처럼 쓰이는 건 싫어."

"아쉽네요. 좋은 아이디어라고 생각했는데."

창밖에서 눈을 돌린 텐구지는 나를 보며 미소 지었다.

역시 이미 나를 포기한 모양이었다.

얼핏 여유로워 보이는 언동으로 들리기도 하지만, 본질은 다르다.

이미 나에게 기대하지 않으니까 농담도 할 수 있게 된 거다.

"……그래서, 어디로 가는 건데?"

"곧 도착합니다."

텐구지의 말대로 얼마 지나지 않아 차가 멈췄다.

차를 타고 있던 시간은 십수 분 정도일까.

상당한 거리를 이동한 것 같은 느낌이 드는데——.

"여, 기는…….."

"기억하세요? 이 장소."

차에서 내려 주위를 둘러보았다.

바닥에 발을 디딘 순간 나는 여기서 일어난 많은 것들을 떠올렸다.

"오랜만이네……. 유치원 근처에 있던 언덕 위 공원이지? 여기."

"네, 정답입니다."

차가 멈춘 장소에서 조금 더 가면 완만한 계단이 있다.

텐구지와 함께 그 계단을 올라가자 이윽고 전망대 같은 장소로 나왔다.

안쪽에 있는 나무 울타리까지 가면 그곳에서는 주변 풍경을 한눈에 둘러볼 수 있다.

"하하, 별로 안 변했네."

나는 거리를 내려다보며 중얼거렸다.

"유치원 선생님이 자주 데리고 와 주셨죠."

"그래. 가끔 도시락도 싸서 여기서 먹었지."

여기서 일어난 일을 마치 어제 일처럼 떠올릴 수 있다.

유치원 때라 대부분 잊어버렸을지도 모른다고 걱정했지만 아무래도 그럴 필요는 없었던 모양이다.

이것도 과거와 마주 보겠다고 각오를 다졌기 때문일까?

그런 거라면 참으로 고마운 부산물이다.

"텐구지."

"네?"

"네가 봤을 때 유치원 때의 나는 어떤 인간이었냐?"

"유치원 때의 린 말인가요……. 으음, 아주 멋진 남자아이라는 느낌이었죠."

"……그런 말을 들으니까 민망하네."

"후후, 하지만 항상 저를 지켜주셨잖아요."

"그 시절엔 너 내성적이었으니까."

"지금도 연약한 소녀인데요?"

"연약은 무슨."

회사의 명운을 짊어지고 다른 그룹의 본사에 쳐들어가는 여자가 어디가 연약하다는 거냐.

나 참, 내 주변 여자들은 하나같이 터프해서 난감하다.

이 녀석이고 저 녀석이고 나 같은 놈보다 훨씬 강하다.

"왜 날 여기에 데려온 건데?"

"옛날부터 이곳을 계속 좋아해서 침착하게 대화할 수 있을 것 같았고…… 여기는 제가 린과 '약속'을 나눈 특별한 장소니까요."

"……어, 그랬지."

그래. 여기는 나와 텐구지가 장래를 맹세한 곳.

어른이 되면 애인이 되자는, 그런 풋풋한 계약의 장소였다.

"기, 억난 건가요?"

"뭐, 딱히 완전히 잊고 있었던 것도 아니지만…… 솔직히 나도 이래저래 여유가 없었거든."

어린 시절 나와 풋풋한 약속을 한 아이가 있다.

그 사실 자체는 의외로 기억에 남아 있었다.

"……그, 뭐냐. 여러모로 미안했다. 소리친 것도, 네 마음을 전혀 고려하지 않은 것도, 약속을 무시한 것도."

"네?"

나는 텐구지를 향해 머리를 숙였다.

여태까지 나는 텐구지에게 과할 정도로 분노를 느꼈다.

지금이라면 그 분노의 이유를 안다.

그건 일종의 **동족혐오**──.

나는 텐구지에게서 나와 가깝다는 감각을 느낀 것이다.

"지금의 너는 나에게도 올 수 있었던 '만약'의 모습이야. 나는 분명 그런 너를 부정해서 출생에 얽매인 나를 부정하고 싶었던 거지."

"……."

"멍청한 짓이지……. 단순한 화풀이밖에 안 되는데. 정말…… 어리석었어."

내 개인적인 이유로 타인에게 상처를 준 게 한심하고 미워서 눈물이 날 것 같았다.

이렇게나 내 미숙함을 깨달은 적이 전에도 있었던가?

후회와 죄책감만이 가슴속을 맴돌았다.

"그, 그렇게 따지면…… 저야말로 린의 마음을 고려하지 않고 결혼을 강요해서…… 정말 죄송합니다."

눈앞에서 이번에는 텐구지가 머리를 숙였다.

"아무리 다급한 상황이었다고 해도 당신의 마음을 무시하면서까지 이뤄야만 하는 건 아니었는데……."

"……."

텐구지는 자기 주변에서 일어나고 있는 일을 전부 말해주었다.

텐구지 그룹의 경영이 기울어가고 있다는 것.

그 돌파구로서 다른 회사 사람과 정략결혼을 요구한다는 것.

어차피 결혼할 필요가 있다면 과거에 약속을 나눴던 나와 맺어지고 싶었던 것.

그런 그녀의 사정들을 나는 그저 묵묵히 들었다.

"아버지는 옛날부터 제게 이렇게 말씀하셨습니다. '텐구지가의 딸로서 태어났으면 텐구지가를 위해 살아라'라고요. 그래서 그것 말고 다른 인생을 몰랐어요……."

"텐구지……."

"린과 재회하기 전에 저는 당신도 분명 비슷한 환경에서 살고 있을 것이라 믿었습니다. 하지만 막상 만나보자……."

"가문에 묶이지 않고 자유롭게 사는 것처럼 보였다?"

"후후, 맞아요. 그게 너무 부러웠죠."

텐구지는 나무 울타리에 손을 짚고 몸을 살짝 내밀었다.

일몰이 다가오는 시각, 눈앞에 펼쳐진 거리는 오렌지색으로 뒤덮여 있었다.

"하지만…… 당신도 많이 괴로웠군요. 당신의 아버지에게 들었습니다."

"뭐야, 그런 이야기도 할 줄 아는구나? 그 아버지가."

"……저희는 서로를 너무 몰랐던 모양입니다."

"……어, 그러게."

"──린."

이름을 부르자 나는 텐구지 쪽으로 몸을 돌렸다.

텐구지는 내 눈을 똑바로 응시하며 진지한 표정을 짓고 잇었다.

나는 이 공간에 있던 분위기가 완전히 다른 것으로 바뀐 것을 감지했다.

"마지막으로 이 말을 하게 해주세요. 저는…… 당신을 좋아합니다. 유치원 때부터 계속…… 린을 좋아해요. 그러니까 이건 마지막 부탁입니다."

"……."

"저와── 결혼해 주세요."

연애를 건너뛴 청혼.

평생 한 번 일어날지 말지 알 수 없는 중대한 이벤트가 지금 나에게 닥쳐들었다.

정말 사치스러운 일이다.

하지만 내 대답은 정해져 있었다.

"……미안하지만 네 마음은 받아들일 수 없어."

처음부터 끝까지 변함없는 나의 마음.

그걸 지금, 그저 우직하게 텐구지에게 전했다.

"……후후, 알고는 있었지만 조금 씁쓸하네요."

그렇게 말하며 텐구지의 시선은 다시 거리로 향했다.

여기서 그녀의 얼굴을 계속 쳐다보는 건 무신경한 짓이겠지.

나도 마찬가지로 거리를 향해 시선을 돌리고 조용히 시간이 흐르는 걸 기다렸다.

"일단 회사 문제는 빼놓고 생각해도…… 어렵습니까?"

"……어. 어려워."

"그렇, 군요."

설령 텐구지가 대기업 아가씨가 아니었어도 나는 분명 이 청혼을 거절했을 것이다.

지금 내 머릿속에는 단 한 명의 여자밖에 떠오르지 않았다.

"린, 지금 '오토사키 레이' 씨 생각하세요?"

"어?"

텐구지의 입에서 튀어나올 리가 없는 이름에 나는 무심코 목소리를 흘리고 말았다.

"린이 그 밀피유 스타즈의 레이와 같은 맨션에서 산다는 것쯤은 알고 있습니다. 뭐, 직접적인 관계까지는 몰랐지만요."

"안다면…… 그걸 이용해서 나를 협박할 수도 있지 않았어? 어째서……."

"후후, 그런 짓은 안 합니다. 왜냐하면…… 저는 정말로 린을 좋아하니까요. 억지로 손에 넣어봤자 의미 없잖아요."

텐구지는 눈물을 글썽이며 나를 향해 웃었다.

아, 나는 정말 바보다.

남의 마음에 너무 무관심해서 중요한 부분이 전혀 보이지 않았다.

나는 계속 텐구지는 무슨 수단을 써서라도—— 그야말로 나를 협박해서라도 회사를 위해 움직일 줄 알았다.

왜냐하면, **나였다면 반드시 그 수단을 택했을 테니까.**

"너 좋은 사람이구나. 나와는 전혀 다르게."

"그야 그렇겠죠. 린이 훨씬 더 우수하니까요."

"뭐? 그럴 리 없잖아."

"후후, 그럴 리 있습니다. 저와 다르게 린에게는 위에 서는 자질이 있다고 보거든요."

"위에 서는 자질……?"

"사장의 재능이라고도 하면 될까요? 당신은 불쾌하게 느낄지도 모르지만, 틀림없이 시도 그룹의 인간으로서 걸맞은 재능을 지닌 것처럼 보입니다."

"……글쎄. 나는 잘 모르겠는데."

얼마 전의 내가 지금 이야기를 들었다면 불쾌함을 느꼈을지도 모른다.

아니, 확실하게 불쾌했을 거다.

하지만 지금이라면 단순한 의견 중 하나로 받아들일 수 있다.

오히려 사람들을 이끄는 재능이 있다는 말이 나쁘지 않았다.

물론 그 재능을 사용할 생각이냐고 묻는다면 고개를 저을 테지만.

"그래서…… 결국 린은 오토사키 레이 씨를 좋아하는 건가요?"

"……좋아한다…… 그런 감정으로는 표현할 수 없을 거다."

나는 쓴웃음을 지으며 머리를 긁적였다.

"지금 나에게 그 녀석은 살아갈 의미 같은 거야. 레이가 없는 인생은 생각할 수 없어."

레이와 대화하는 시간.

레이를 위해 밥을 차리는 시간.

레이와 함께 밥을 먹는 시간.

그 모든 것이 나의 보물이다.

"……그건 좋아한다는 것과 뭐가 다른 거죠?"

"어? 으음, 글쎄……."

무언가 다른 말로 바꿀 수 없을지 머리를 굴려보았다.

하지만 텐구지의 말대로 대체할 말이 하나도 나올 기색이 없었다.

──뭐, 그런가.

──그렇겠지.

"어……. 나는 그 녀석을 좋아하는구나."

아무리 꾸며내도, 못 본 척해도 결국 이 말에 도달하고 만다.

그만큼 내 안에서 레이를 향한 감정이 커져서 무시할 수 있는 수준이 아니게 되었다는 건가.

아아, 한심해라.

지금까지 그런 것으로부터 멀리해왔던 주제에, 여기에 와서 허무하게 깨닫게 된다니.

그날 배가 고파 움직이지 못하게 된 레이를 위해 처음으로 밥을 차렸다.

그 후로 그 녀석이 계약 이야기를 꺼내서 우리는 둘이 같이 밥을 먹게 되었다.

다른 두 사람과도 친해져서 같은 맨션에 살게 되었고.

넷이서 이사 기념 파티 같은 것도 했지.

레이와 데이트도 하고, 그 녀석들의 콘서트도 보러 갔고.

그 녀석의 부모님을 만나고, 남들 앞에서 머리를 숙이고.

바다에도 갔었지. 바비큐 파티도 하고.

밀스타가 있으면 소란이 일어나니까 오면 안 되는데, 내 집사복을 보고 싶다고 헛소리를 하면서 변장까지 하며 문화제에 침입하기도 했었다.

그 녀석들이 게릴라 라이브를 벌였고, 내 첫 무대 공연도 있었고.

마지막엔—— 레이와 함께 교사 뒤에서 춤을 췄지.

레이와 관계를 맺은 뒤로 아직 1년도 지나지 않았다.

하지만 내 안에 강한 인상을 남긴 추억에는 항상 그 녀석의 모습이 있었다.

오토사키 레이라는 존재가 내 마음속 깊디깊은 부분에 뿌리를 내리고 말았다.

이제 와서 그걸 떼어낼 수도 없고, 떼어내고 싶지도 않다.

내가 돌아갈 장소는 역시 그 녀석 옆이니까.

"······고맙다, 텐구지. 덕분에 깨달았어."

텐구지가 나에게 약혼을 요구하지 않았다면 아버지를 만나러 가지도 않았을 것이다.

과거를 마주 보려고 생각하지도 않았겠지.

"저로서는 깨닫지 못하는 게 더 감사했지만요······. 그래도 린에게 도움이 된 것 같아 다행입니다."

"과거에서 계속 눈을 돌리는 바람에 나는 나 자신이 애매모호해져 있었어. 정말로, 머릿속에 있던 안개가 전부 사라진 기분이야. 많은 일이······ 정말 너무 많은 일이 있었지만, 결국 나는 너와 재회하길 잘한 것 같아."

나는 뻐근하게 굳은 몸을 풀기 위해 크게 기지개를 켰다.

그때 겨울의 초입다운 바람이 불어닥쳐 쌀쌀함을 자각했다.

슬슬 여기서 떠나는 게 나을지도 모른다.

나는 그렇다 쳐도 텐구지가 감기 걸릴 것 같다.

"슬슬 돌아갈까. 날도 저물었고, 이 이상 여기 있다간 감기 걸릴라."

"그러게요······. 아쉽지만 돌아가기로 할까요."

"텐구지, 너는 이제 어떻게 할 거냐?"

"오늘 밤의 일정을 물어보시는 건가요? 아니면 제 미래에 대해서?"

"미래······ 그러니까, 다른 기업 아들과 약혼한다는 이야기가 나오고 있다면서?"

"네. ······뭐."

텐구지는 별안간 내 앞에서 성대한 한숨을 쉬었다.

"하아……. 그렇게 부모가 지나치게 과보호하면서 키운 나머지 뒤룩뒤룩해진 불결한 남자와 약혼하게 되다니 정말 끔찍하군요."

"어, 어어……. 갑자기 독설가가 되었네."

"본래 저는 이런 성격입니다. 린과 사귀지 못한다는 걸 알게 된 이상 가면을 쓸 필요는 없으니까요. 린의 말투가 변한 것처럼 저도 어릴 때와는 많이 달라졌거든요."

그렇게 말하며 텐구지는 쓴웃음을 지었다.

완전히 털어낸 듯한 텐구지에게서는 유난히 후련해하는 인상을 받았다.

솔직히 말해 지금의 텐구지가 훨씬 더 보기 좋았다.

"……맞아, 마지막으로 하나 괜찮을까?"

"말씀하세요."

"그때의 약속, 못 지켜서 미안해."

"으……."

이 사과에는 잔인한 의미가 담겨있다.

그 약속이 이뤄질 일은 앞으로도 없다──.

그런 의미를 느꼈기 때문에 텐구지도 말문이 막힌 거겠지.

"……감사합니다. 이것으로 더는 괜히 기대하지 않아도 될 것 같네요."

저무는 노을빛을 받으며 텐구지는 미소 지었다.

참으로 아름다운 모습이다.

이걸 보는 게 고백을 확실하게 거절한 뒤라 다행이다──는,

좀 심한가.

"하지만 친구로서라면 앞으로도 만나주실 수 있을까요?"

"그거야 당연하지. 너에게는 빚도 있고, 다음에 뭐 먹고 싶은 거 만들어줄게. 평소 먹는 거랑 비교하면 서민적일지도 모르지만……."

"괜찮습니다. 저도 패스트 푸드 좋아하거든요."

"그래, 그럼 괜찮겠다."

텐구지와 둘이서 평범한 친구처럼 대화했다.

이런 식으로 대화할 수 있게 된 것이 무엇보다 기쁘다.

덕분에 싫은 일투성이였던 과거 속에 있던 몇 없는 즐거운 추억을 잊지 않아도 될 것 같다.

"……그럼 돌아갈까요. 자택 근처까지 바래다 드리겠습니다."

"어, 아니, 그건 괜찮아. 오랜만에 이 근방을 산책하고 돌아가고 싶거든. 머릿속도 정리하고 싶고, 천천히 돌아갈게."

"그렇습니까. 뭐, 린이 그렇게 말한다면."

텐구지는 걱정하는 듯한 표정을 지었지만 문제는 없다.

추워지면 전철을 타고 돌아가면 되고, 딱히 집에서 엄청 먼 것도 아니니까 돌아가는 시각이 너무 늦어질 일도 없다.

"……아, 맞다."

나에게 등을 돌려 차로 돌아가려는 텐구지의 등을 향해 말을 걸었다.

"그리고 보면 유치원 때 꽃병을 깬 남자애가 너에게 잘못을 뒤집어씌우려고 한 적이 있었지?"

"네? 아, 네……. 그런 적도 있었죠. 선생님이 오신 뒤에 린이 저를 감싸준 것도 기억합니다. 그때는 감사했습니다."

"뭐야, 너도 기억하고 있었냐."

텐구지는 당연하다는 듯 가슴을 폈다.

그게 어쩐지 재미있어서 나는 웃었다.

"잊어버릴 리가 없잖습니까. 하지만 갑자기 그 이야기는 왜?"

"……아니, 미안. 딱히 깊은 의미는 없어."

"? 그런가요……. 그럼."

떠나려는 텐구지.

그 모습이 내 가슴속에서 유치원 때 그린 그림과 겹쳐졌다.

"또 봐! **유즈**!"

"!"

옛날처럼 유즈라고 부르자 텐구지는 놀란 듯 다시 뒤를 돌아보았다.

나는 심술궂은 미소를 지으며 손을 흔들었다.

"……정말이지. ──네. 또 봐요, 린."

우리는 어릴 때처럼 서로에게 손을 흔든 뒤 헤어졌다.

그녀가 탄 차가 멀어져가는 걸 지켜본 나는 천천히 스마트폰을 들었다.

그대로 주소록을 열어 전화할 상대로 선택한 사람은…….

"여보세요?"

『……무슨 바람이 분 거지? 네가 나에게 전화를 하다니.』

"가끔은 괜찮잖아, 아버지."

『…….』

스마트폰 너머에서 변함없이 낮고 억양이 없는 목소리가 들렸다.

설마 내가 먼저 전화를 걸 줄은 몰랐을 테니 아주 놀랐겠지.

"바쁜 와중에 미안. 근데 부탁하고 싶은 게 있어."

『네가 부탁이라고? 나에게?』

"그렇게 놀라지 말고. ……나중에 시간이 되는 날을 알려줘. 직접 만나러 갈게."

『──알았다.』

그 말을 들은 단계에서 나는 통화를 끊었다.

어디, 지금부터 조금 바빠지겠구나.

평생 일하고 싶지 않은
내가, 같은 반
인기 아이돌의
눈에 들면

"후우……."

휴일. 나는 다시 시도 그룹 본사 앞에 서 있었다.

얼마 전 전화로 약속은 이미 잡아놨다.

전에는 여기에 있기만 해도 혐오감이 장난 아니었지만, 지금은 그게 전혀 없다.

반대로 아주 적극적인 기분이다.

"──가자."

나는 빌딩 안에 들어가 접수대에서 용건을 전달했다.

사장의 아들이라는 걸 알고 움츠러드는 접수대 사람들과 간단히 대화한 뒤 나는 안내해주는 사람이 올 때까지 엔트런스에서 기다리게 되었다.

그리고 잠시 후 엘리베이터에서 아는 사람이 내려왔다.

'그녀'는 나를 발견하고는 곧장 이쪽으로 걸어왔다.

"……기다리고 있었습니다, 린타로 님."

그렇게 말하며 소피아 씨는 내 앞에 섰다.

아버지를 닮아 이 사람의 표정도 상당히 딱딱하다.

역시 끼리끼리 논다고 해야 하나? 뭐, 분명 일만 잘하면 뭐든 상관없는 거겠지.

"솔직히 말씀드리면 더는 린타로 님께서 먼저 이 빌딩을 찾아오실 일은 없을 줄 알았습니다."

"저도 그렇게 생각했는데…… 사람 앞날은 알 수 없는 법이네요."

내 태도가 상상과 달랐기 때문인지 소피아 씨는 놀란 표정을 지었다.

뭐야, 의외로 표정 풍부하잖아.

"……그럼 안내하겠습니다."

소피아 씨의 뒤를 따라 나는 그때처럼 사장실로 향했다.

엘리베이터를 타고 최상층으로.

그리고 엘리베이터에서 내려 문 앞에 서자 소피아 씨가 문을 노크했다.

"사장님, 린타로 님을 모셔왔습니다."

"……들어와."

방 주인의 허락을 받은 나는 사장실 안으로 발을 들여놓았다.

그곳에는 지난번에 왔을 때와 똑같은 광경이 펼쳐져 있었다.

안쪽 의자에 앉아있던 아버지는 나를 보고 자리에서 일어났다.

그리고 마주 보는 형태로 놓여있는 소파를 가리켜 나를 유도했다.

"갑자기 시간을 달라니…… 대체 무슨 용건이지?"

"그냥, 자식이 아버지를 만나는 데 이유가 필요해?"

"……."

"……농담이야."

아버지가 너무 난감해하는 표정을 짓는 바람에 나는 바로 농담이라고 말했다.

아니, 난감해하는 건 그거대로 너무한 거 아닌가?

뭐, 그동안 우리 관계를 생각해 보면 어쩔 수 없지만.

"본론으로 들어가라. 오늘은 무슨 목적으로 여기에 왔지?"

"……여기에 온 이유는 두 개야. 그중 하나는…… 당신에게 사과하려고."

"사과?"

"나는…… 계속 착각했어. 아버지가 나를 후계자로 만들고 싶어 한다고 단정하고선 미워했지."

"……."

"하지만 당신은 한 번도 나에게 뒤를 이어받으라고 한 적이 없었어. 당신은…… 나에게 억지로 물려줄 마음은 없었던 거야."

아버지는 내 말을 부정하지 않았다.

이 침묵이야말로 긍정이다.

내가 아는 아버지는 정말로 인간관계가 서툴다.

상대의 마음을 존중하는 대화를 하질 못한다.

그래서 아버지의 말은 항상 진심이다.

그런 부분만 놓고 말하자면 나는 아버지를 신뢰하고 있다.

"나는…… 가정을 소홀히 하고 너를 괴롭게 한 장본인이지. 그걸 이해하고 있으니 너를 같은 길로 끌어들일 수는 없었다."

"……당신 전처가 도망쳤을 때 어떻게 느꼈어?"

"당연한 심판을 받았다고 느꼈다. 나처럼 타인의 감정에 무신경한 남자가 가정을 꾸린 것은 용서받을 수 없는 죄라고……."

아버지는 그렇게 말하며 시선을 내렸다.

"확실히 당신은 나와 어머니를 방임했고, 결국 어머니는 도망쳤지. 부모로서 책임을 다하지 못했다는 건 사실이라고 봐."

"……."

"하지만……."

나는 그다음 말을 할지 말지 몇 초간 망설였다.

말을 한다고 해도 너무 민망하다.

다만 여기까지 와 놓고 역시 아니라고 회피해버릴 수는 없었다.

"나는 지금까지 잘 자랐어. 다름 아닌 당신의 아들로서 여기에 있지."

나는 소파에서 일어나 아버지의 눈을 똑바로 응시했다.

그리고 아버지를 향해 깊이 머리를 숙였다.

"여태까지 키워줘서 감사합니다."

이 인사는, 어쩌면 엉뚱한 소리인 건지도 모른다.

부모의 책임에서 도망쳤던 남자에게 머리를 숙인다니……. 그런 말을 들을지도 모른다.

하지만 역시 내가 여태까지 살아올 수 있었던 건 이 사람 덕분이다.

나는 이 남자의 아들로서 살고 있다.

"……너는 아직 나를 아버지라고 불러주는 건가."

"당연하지. 내 아버지는 당신밖에 없어."

"그, 래."

아버지의 몸이 소파에 깊이 가라앉았다.

그 반응에서 읽어낼 수 있는 것은 커다란 안도.

아버지 안에서 무언가의 우려가 사라졌다는 뜻이다.

"나에게는…… 생명을 낳은 책임이 있다. 그것만큼은 계속 이해하고 있었지. 하지만 사원을 지키기 위해 계속 일에 매진한 나는 가장 지켜야만 하는 상대였던 아내와 너를 소홀히 했다."

후회를 반추하듯 아버지는 이를 악물었다.

하지만 바로 입을 열고 말을 이었다.

"네게 강하게 간섭하지 않았던 건 부모의 책무를 다하지 못했던 나 같은 인간은 아이 옆에 없는 게 나은 게 아닌가 생각했기 때문이다. 내가 존재함으로써 네게 고통을 준다고……."

그것은 마치 죄인의 고백 같았다.

나는 한 마디도 절대 놓치지 않겠다며 아버지의 이야기를 뇌리에 새겨넣었다.

"지금까지 정말로 미안했다. 부디 이런 나를 용서해다오."

나를 향해 깊이 머리를 숙이는 아버지를 보고 나는 무심코 웃어버릴 뻔했다.

천하의 시도 그룹 사장이 이런 애송이에게 머리를 숙이고 있다.

기분이 괜찮은데—— 같은 농담은 나중에 하고.

"고개 들어, 아버지."

"……"

"나는 당신하고 미래에 관해 이야기하고 싶어."

그런 내 말을 듣고 아버지는 그제야 머리를 들었다.

"솔직히 여태까지 나는 상당한 트라우마를 안고 있었어. 이건 사칙이 있으니까 숨김없이 말해놓을게. 하지만 지금이라면 그런 것도 전부 극복할 수 있을 것 같은 느낌이 들어. 그러니까 이제는 과거 말고 미래 이야기를 하고 싶어."

"……미래 이야기라. 그것이 두 번째 이유로 이어지는 건가?"

"어."

나는 내 짐 안에서 두꺼운 자료를 꺼냈다.

그걸 아버지 앞에 내밀자 그 얼굴에 순식간에 경악이 퍼졌다.

"이건…… 우리 회사의 업무 실적?"

"어."

"잠깐, 이건 우리 사원이어도 임원급이 아니라면 확인하지 못할 텐데……. 아무리 너라고 해도 이런 걸 손에 없을 수는──."

"그 임원들을 찾아갔어. 시도 유타로의 아들이라고 하니까 선뜻 복사해주던데."

"……."

아버지는 아주 떨떠름한 표정을 지었다.

협력해준 임원들이 문책받게 될지도 모른다고 생각해서 이름은 숨겼는데, 아무래도 옳은 판단이었던 모양이다.

"괜찮아. 유출하거나 악용할 마음은 없으니까."

"그렇다면 너는 어째서 이걸 일부러 우회적인 방법으로 손에 넣은 거지?"

"음……. 내가 개입할 수 있는 여지가 없나 하고?"

"네가 개입한다고?"

"어. 아버지에게 좀 부탁하고 싶은 게 있거든."

나는 내가 만든 '기획설명자료'를 추가로 꺼냈다.

"오랜만에 아버지, 어머니와 살던 집에 돌아갔어. 열쇠는 갖고 있었고 필요한 물건이 있었으니까. 하하, 당신 진짜로 전혀 안 돌아왔더라. 먼지가 꽤 쌓여있길래 겸사겸사 청소도 했지.”

“린타로……. 너는 무엇을.”

“지난 일주일 동안 나는 아버지 방에 있던 경영학 관련 서적하고 여기에 있는 시도 그룹의 현재 실적을 전부 머릿속에 쑤셔 넣었어. ……아버지는 진짜 대단하더라. 이만큼 키워놨으면서 매년 실적을 늘리고 있으니까.”

그랬다. 지난 일주일 동안 나는 내 아버지가 얼마나 우수한지 신물이 날 정도로 깨달았다.

“경영학까지 공부하는 건 힘들 줄 알았는데…… 의외로 기억하고 있더라. 어릴 때 당신을 동경해서 어려운 책을 읽어대던 경험을 이번에 살렸지.”

당연히 모든 책을 처음부터 끝까지 다 읽지는 못했다.

게다가 그렇게 막막한 짓을 게으른 내가 해낼 수 있을 리도 없다.

하지만 유소년기의 두뇌 흡수율 덕분에 나는 그곳에 있던 책 대부분의 내용을 기억하고 있었다.

남은 건 지금의 두뇌로 지식으로 변환할 뿐.

뭐, 그것도 죽도록 힘들었지만── 목적이 확실한 인간은 의외로 죽도록 노력할 수 있는 법이더라.

“……네가 어떠한 목적에 기반해 움직였다는 건 알겠다. 그래서, 네 목적은 뭐지?”

“──매수야.”

“뭐?”

나는 전에 없이 사악한 미소를 지으며 그 목적을 입에 담았다.

"나는 그 텐구지 그룹을 싸그리 매수하고 싶어."

내 목적을 들은 아버지는 잠시 말문이 막혔다.

"……그건, 아주 어려운 일이다. 그 회사는 규모만이 아니라 역사도 오래되었지. 간단히 매수할 수는——."

"하지만 아버지, 불가능하다고는 안 하네."

"……."

아픈 곳을 찔렸다는 듯 아버지의 눈썹이 꿈틀거렸다.

그래, 불가능하지는 않다.

내가 낸 견적이 틀리지 않아서 다행이다.

진심으로 안도했다.

"사실 아까 말한 임원에게 텐구지 그룹의 자료도 보여달라고 했거든. 물론 내부 데이터가 아니니까 완벽하다고는 할 수 없지만, 그래도 대략 정확한 자료겠지. 그 자료를 보는 한 저쪽은 잠재력이 큰 사업이 아니라 옛날부터 꾸준히 손을 댔던 장사가 그들의 기반이 되어주고 있다는 걸 알았지."

결국, 그 외에 다른 사업은 잘 풀리지 않았기 때문에 전체적인 실적은 하향세가 된 것이다.

이대로는 수십 년 뒤엔 상당히 몰락하겠지.

그때 가서 손해를 보는 건 분명 그녀다.

"즉 저쪽의 굵직한 사업을 몇 개 사들이기만 해도 텐구지 그룹은 존속하기 어려워져. 그러면 조금이라도 오래 살아남기 위해서 다른 사업째로 싸 들고 이 회사에 들어오려고 하겠지. 요컨대 저쪽이 머리를 숙이게 만들자는 거야."

"확실히 그 노선이라면 우리가 매수할 사업은 많지 않지만……."

"상대가 손을 놓을지 말지 알 수 없다는 부분이라면 괜찮아. 저쪽 사장인 텐구지 슈스케는 경영 기술에 문제가 있으니까. 이 정도는 누구에게 물어보지 않아도 조사하면 나오거든. 지금 텐구지 그룹은 다른 간부 임원 덕분에 굴러가고 있다는 거지."

"……그 견해는 나도 마찬가지다."

"그렇지? 그래서, 어차피 그런 임원은 무능한 사장에게 불만을 품고 있겠지. 먼저 우리가 텐구지 그룹의 주식을 대량으로 사들이고, 우수한 간부들에게 좋은 대접을 암시한다면 분명 모조리 이 회사를 편들어주게 될 거야."

내 이야기를 듣던 아버지는 다시 침묵했다.

뭐, 확실히 무모한 소리다.

내 이야기는 거의 아마추어의 의견이고, 오랫동안 경영자로서 일해온 아버지가 본다면 코웃음을 칠 법한 내용이었을 게 틀림없다.

"……놀랍군."

하지만 한참 뒤 입을 연 아버지에게서 튀어나온 말은 내 예상과는 달랐다.

"확실히 그 방법이라면 텐구지 그룹 매수에도 승산이 있다. 우리 회사로서도 어뮤즈먼트 사업이 필요하던 참이었고. 테마 파크를 만들고자 해도 처음부터 토지를 선정하고, 그 위에 건물을 세우기 위한 자금과 시간을 만들어야만 하지. 하지만 텐구지가 이미 보유한 땅이나 시설을 이용하면 그런 문제는 한꺼번에 해결된다. 매수라면 우리가 유리한 형태로 사업을 획득할 수 있고, 이익을 빼앗길 일도 없지."

아버지가 옆에서 대기하고 있던 소피아 씨에게 무언가를 명령하자 그녀는 바로 노트북을 들고 돌아왔다.

테이블 위에 노트북을 펼친 아버지는 그대로 타자를 두드리기 시작했다.

"시간은 걸리지만 우리 회사가 이미 보유한 관계를 사용하면 텐구지 그룹의 간부들을 이쪽으로 포섭할 수도 있다. 적어도 1년 내에는 텐구지 그룹을 우리 회사가 흡수하는 것도 현실로 만들 수 있겠지. 물론 네가 생각한 계획이 전부 그대로 실현된다면 말이다."

'지, 진짜?'라는 말이 입 밖으로 흘러나올 뻔했지만 나는 필사적으로 참았다.

당연하다는 태도가 뭔가 더 멋있잖아?

이유는 그게 다.

"그럼 할 수 있다는 말이지?"

"……그래. 하지만 왜 네가 그러길 원하는 거지? 이 회사를 이어받을 마음은 없을 텐데."

"확실히 나는 회사를 이을 마음은 없어. 하지만…… 이 방법을 써서 어떻게든 도와주고 싶은 사람이 있거든."

머릿속에 최근에 화해한 그 여자의 얼굴이 떠올랐다.

"그 녀석은 지금 자기 아버지에게 정략결혼을 강요받고 있지. 회사의 장래를 위해 희생되려 해. 그걸 저지하기 위해서는 애초에 텐구지 그룹이라는 회사에게서 각종 결정권을 빼앗으면 되지."

그녀를 위해 이런 것까지 해줄 의무는 없을지도 모른다.

오히려 그 녀석에게는 괜한 참견이 될지도 모른다.

하지만, 그래도…….

"이래 봬도 나는 그 녀석—— 텐구지 유즈카의 히어로거든. 그 녀석이 괴로워하고 있다면 힘이 되어주고 싶어."

그렇게 입에 담은 순간 너무 창피해져서 눈이 흔들렸다.

아무리 그래도 혈연 앞에서 너무 폼을 잡았나?

……뭐, 됐다. 조금이라도 내 열의가 전해진다면 그걸로 충분하다.

"그 소녀를 구하고 싶다라……. 그래, 나는 떠올리지 못하는 발상이군. 하지만 그런 거라면 그녀의 구혼을 받아들이면 되는 것 아닌가?"

"그건 안 돼. 나는 그 녀석에게 연애 감정이 없거든."

"……?"

아무래도 아버지는 내가 텐구지를 좋아해서 구해주고 싶은 거라고 생각한 모양이다.

그건 그거대로 이해할 수 있는 방향이지만 내 사정과는 다르다.

"그 녀석을 돕기 위해 내가 하는 행동은 전부 내 소원을 이루기 위해서거든. 결국 나는 좋은 사람이 되고 싶은 거야. 누군가를 구할 수 있는…… 누군가의 버팀목이 될 수 있는 사람이 되고 싶어."

"……."

"그래서 이것도 딱히 텐구지가 도와달라고 해서 이러는 게 아니야. 전부 내 이기적인 욕심에서 시작한 거지."

그 녀석에게는 불편한 친절로 끝날 가능성도 충분히 있다.

하지만 설령 괜한 참견이었다고 해도 나는 나를 위해 텐구지를 구할 것이다.

그게 나 자신을 좋아할 수 있는 삶의 방식이니까.

나는 앞으로도 나를 위해, 내가 원하는 대로 살아간다.

"이걸로 근거는 충분히 제시했지? 이 회사에도 큰 이익이 있으리라는 것도 알았고. 이만큼 조건이 갖춰졌으니 슬슬 대답을 들려줬으면 하는데."

"⋯⋯."

그로부터 잠시 아버지는 자료와 노트북 화면을 노려보았다.

그리고 숙고 끝에 간신히 입을 열었다.

"──알았다. 네 제안을 받아들이마."

"⋯⋯!"

반사적으로 주먹을 불끈 쥐고 환희하는 포즈가 나갔다.

아버지가 내 어리광을 받아주었을 뿐.

이렇게 들으니 별거 아닌 것처럼 느껴지지만, 내 안에서는 세상이 거꾸로 뒤집힐 정도로 커다란 일이다.

"단, 너도 알고 있을 테지만 매수하고 흡수할 때까지는 제법 시간이 걸린다. 1년 내로 담판을 지을 테지만, 그다음 단계에서 얼마나 시간이 걸릴지는 알 수 없어."

"담판까지 가기만 해도 쾌거지. 요컨대 텐구지 유즈카의 혼담이 날아가면 되는 거니까. 만약 무언가 문제가 일어나서 일이 꼬인다고 해도, 최악의 경우 정략결혼 같은 건 생각할 여유가 없을 정도로 텐구지 그룹을 휘저어놓기만 하면 돼.”

그렇다. 반드시 이 계획이 끝까지 잘 실행될 필요는 없다.

나에겐 이 시도 그룹도 텐구지 그룹도 어찌 되든 상관없다.

그 녀석이 자유로워질 수 있다면 그걸로 족하다.´

“훗……. 그래, 너는 나만이 아니라 이 시도 그룹마저 이용하려는 건가.”

“여태까지 나를 실컷 외롭게 만들어 놨으니까 이 정도의 어리광은 들어줄 수도 있지 않아? 아버지.”

“그런 말을 들으면 나로서는 면목이 없군. ……알았다. 이 계획은 전력으로 추진하겠다.”

나와 아버지는 굳은 악수를 나눴다.

이게 부자로서 적절한 모습인지는 모른다.

하지만 지금은 이게 가장 편안하다고 느낀다.

나와 이 남자의 관계는 분명 이거면 되는 거다.

이렇게 나── 시도 린타로와 그 아버지, 시도 유타로의 앙금은 10년에 가까운 세월을 거쳐 간신히 개선을 보이게 되었다.

“……훌륭한 프레젠테이션이었습니다, 린타로 님.”

“어?”

사장실에서 나와 엔트런스로 돌아가려던 나에게 소피아 씨가 말을 걸었다.

그녀의 파란 눈은 나를 똑바로 바라보고 있었다.

새삼 보니 되게 예쁘게 생겼구나, 이 사람.

"그 정도까지 해냈으니 사장님께서도 받아들일 수밖에 없었을 겁니다. 어떻게 그런 프레젠테이션 능력을 연마하신 거죠?"

"어, 아니, 딱히 연마했다거나…… 그런 적은 없는데요."

칭찬해주는 게 나쁘지는 않았지만, 정말로 나는 그쪽 분야를 배운 기억이 없다.

하지만 굳이 따지라면 짐작 가는 게 하나 있었다.

"결국, 제가 시도 그룹의 후계자가 되길 기대한 사람은 아버지가 아니라 어머니라서요."

"네……?"

"지금 생각해 보면 아버지는 한 번도 저한테 억지로 회사 경영을 가르치려고 하지는 않았죠. 하지만 어머니는 계속 귀찮은 공부를 시켰더라고요."

옛날 일을 떠올리지 않으려고 했기 때문에 그것조차 잊고 있었다.

나에게 호신술을 가르친 것도, 경영학을 배우게 한 것도 전부 아버지가 아니라 어머니였다.

훌륭한 후계자를 만들기 위해 어머니는 나에게 영재교육을 실시했었다.

"아버지를 동경했던 건 사실이지만 그런 어린애가 경영학 책을 읽고 기억할 수 있을 리가 없잖아요. 애초에 한자조차 못 읽는데.

하지만 그걸 어머니가 억지로 제 머릿속에 쑤셔 넣었던 거죠."

"그건……, 뭐라고 말씀드려야 할지."

"아, 됐어요. 그냥 신경 쓰지 마세요. 저도 이미 신경 안 쓰니까."

결국 내 어머니는 무엇으로부터 도망쳤던 걸까?

나를 양육하는 압박감? 아버지가 관심을 주지 않아서 느낀 외로움?

이것만큼은 아무리 생각해봤자 대답이 나오지 않을 것이다.

오히려 대답을 모르는 게 정답인 건지도 모른다.

아무리 그래도 그 어머니와 같은 무책임한 인간이 되고 싶지는 않으니까.

"뭐, 그래서 그때 주입된 지식 속에 어쩌면 프레젠테이션에 관련된 책도 있었을지도 모르죠. 솔직히 너무 어릴 때라서 전부 다 떠올릴 수 있는 것도 아니니까요."

"그랬습니까……. 무신경한 질문을 드려서 대단히 죄송합니다."

나를 향해 소피아 씨가 머리를 숙였다.

참 고지식한 사람이다.

나는 신경 쓰지 않는다고 해도 그녀 안에서는 넘어갈 수 없던 거겠지.

그 마음 자체는 이해할 수 있었기 때문에, 나는 이 사과를 정면으로 받아들이기로 했다.

"……저야말로 여태까지 화풀이로 버릇없게 굴어서 죄송합니다. 새삼스럽지만 너무 어린애 같은 태도라서 쪽팔리네요."

"아뇨, 사정은 들어서 알고 있었으니 저는 신경 쓰지 않습니다.

다만…….”

소피아 씨는 늠름한 표정을 풀더니 갑자기 애원하는 듯한 태도로 나를 향해 손을 모았다.

“그…… 회사 정보를 넘겨드린 것은 부디 비밀로 부탁드립니다.”

“알아요. 저도 굳이 적을 만드는 짓은 하기 싫으니까요.”

소피아 씨의 눈썹이 너무 처절하게 팔자를 그리고 있어서 나는 무심코 쓴웃음이 나왔다.

사실 나에게 자료를 준 사람은 여기 있는 소피아 씨다.

“하지만 갑자기 자료가 필요하다고 말씀하셨을 때는 놀랐습니다.”

일주일 전, 나는 미리 알고 있던 그녀의 연락처로 용건을 전달해서 교섭에 임했다.

소피아 씨도 처음에는 당연히 꺼렸지만, 이 회사에 도움이 된다는 게 전해지자마자 협력해주게 되었다.

“하지만 어째서 이렇게 쉽게 협력해준 거죠? 이렇게 말하기는 좀 그렇지만, 제가 그냥 호기심에 물어보려고 했을 가능성도 있었잖아요.”

“음……. 기뻤기 때문이겠죠.”

“기뻤다고요?”

“네. 물론 당신이 호기심으로 저를 놀리는 분이 아니라는 것쯤은 알고 있다는 부분도 컸지만—— 저희와 사장님을 포함해 이 회사 자체를 싫어했을 린타로 님께서 처음으로 회사를 위해 무언가를 하려고 했다……. 그것만으로도 저는 참을 수 없이 기뻤습니다.”

"……아, 그래요."

미소 짓는 소피아 씨를 보고 나는 안도했다.

역시 차가운 태도보다 받아 들여주는 태도가 더 좋은 게 당연하다.

"다음에 또 놀러 와주십시오. 저희는 린타로 님을 환영합니다."

"……그대로 후계자가 되라고는 안 할 거죠?"

"글쎄요, 그건 저도 모릅니다."

놀리듯이 웃는 소피아 씨를 뒤로 나는 시도 그룹의 빌딩을 나섰다.

"린타로 님."

떠나기 직전, 나를 부른 소피아 씨를 향해 돌아보았다.

"역시…… 당신과 유타로 님은 많이 닮으셨습니다."

소피아 씨는 미소 지으며 그런 말을 했다.

나는 그 말을 듣고 무심코 웃음을 터트렸다.

"하하하! 너무하네요. 제가 훨씬 잘생겼다고요."

"……후후, 그럴지도 모르겠군요."

그런 대화를 끝으로 이번에야말로 나는 회사를 뒤로했다.

위를 올려다보자 하늘은 더없이 푸르고, 늦가을의 바람이 불어왔다.

마치 새롭게 태어난 것 같은 상쾌함을 느끼며 나는 귀로에 올랐다.

자, 돌아가자. 그 녀석이 있는 곳으로.

◇ ◆ ◇

"사장님, 린타로 님께서 돌아가셨습니다."

"그래…….."

사장실에 돌아간 소피아는 유타로를 향해 보고했다.

"……설마 내가 아들에게 설득당할 줄이야. 이런 일이 일어날 줄은 생각해 본 적도 없었다."

"네. 저도 린타로 님께서 이 회사와 관계를 맺으려고 하실 줄은 예상하지 못했습니다."

소피아는 곁방에서 커피를 탄 뒤 자리로 돌아간 유타로 앞에 놓았다.

커피를 한 모금 마신 유타로는 일을 하나 마친 것처럼 크게 숨을 내쉬었다.

"사장님."

"음? 뭐지."

"정말로 린타로 님을 후계자로 삼을 마음이 없으십니까?"

"왜 그런 것을 묻지?"

"제가 이런 말을 입에 담는 것은 대단히 주제넘은 행위임을 이해하고 있습니다만…… 린타로 님은 틀림없는 인재입니다. 차기 사장까지는 아니어도 대학을 졸업한 뒤에는 당장에라도 내정을 드려야 한다고 봅니다."

소피아의 말을 듣고 유타로는 웃음을 터트렸다.

그런 모습을 본 적이 없었던 소피아는 놀란 나머지 눈이 휘둥 그레졌다.

"글쎄……. 확실히 린타로가 우수해서 놀랐지. 하지만 역시 정할 수 있는 건 그 녀석 본인뿐. 나는 절대 강요하지 않는다."

유타로는 커피를 책상에 놓고 그 옆에 놓여있던 린타로의 자료에 시선을 던졌다.

깔끔하게 정리된 그 자료는 무척 읽기 편하고 완성도도 지극히 뛰어났다.

"회사로서 탐이 난다는 건 사실이다만. 눈치채고 있었나? 대화하는 도중 녀석은 계속 내 눈을 보고 있었다는 것을."

"눈, 말씀입니까……?"

"눈은 마음의 창이라는 말이 있듯이, 눈이라는 건 그 인간이 지금 어떤 감정을 느끼는지를 보여주지. 린타로는 그걸 읽어내기 위해 내내 나와 눈을 마주쳤다."

"화, 확실히 눈을 통해 상대의 감정을 읽어내는 건 중요한 기술입니다만……."

"린타로는 상대의 감정을 읽으며 대화를 고를 수 있는 인간이라는 뜻이다. 말로 들으면 간단해 보일지도 모르지만 실제로는 상당한 정신력을 사용하는 특별한 기술이지."

린타로는 여태까지도 악의를 파악하거나 거짓말을 감지하는 등 타인과 교류할 때 그 기술을 활용했다.

본인은 이런 기술을 쓴다는 자각이 없다.

하지만 그의 눈썰미는 틀림없이 이 기술에서 유래한다.

"지금 생각해 보면 전처도 커뮤니케이션 능력은 눈이 휘둥그레질 만큼 탁월했지……. 그립군. 지금은 어디서 뭘 하고 있는지도 모른다만."

"……조사하시겠습니까?"

"아니, 필요 없다. 내 가족은 린타로만으로 충분하다."

살짝 쑥스러운 듯한 모습으로 그런 말을 한 유타로를 보고 소피아는 무심코 웃어버렸다.

순간적으로 입을 눌러 웃음소리가 나오는 건 방지했지만, 유타로는 놓치지 않았다.

"……그렇게 우스운 말을 했나?"

"이런……, 실례했습니다."

"……됐다."

유타로는 커피를 단숨에 비운 후 한 번 눈을 감았다가 다시 떴다.

"자, 슬슬 업무로 돌아가도록 할까. 오늘은 회식도 있었지?"

"네. 오후 7시부터 신쥬쿠에 예약을 잡았습니다."

"알았다. 그때까지 서류를 최대한 읽어둘 테니까 준비해줘."

"알겠습니다."

소피아는 유타로의 커피잔을 회수한 뒤 사장실의 출구로 향했다.

"……사장님."

사장실 문 앞에 선 소피아는 그를 부르며 돌아보았다.

"역시 사장님과 린타로 님은 많이 닮으셨습니다."

"……너무하군. 얼굴은 내가 더 낫다."

"!"

유타로가 드물게 농담을 입에 담은 것도 놀랐지만, 소피아로서는 조금 전 아들에게서 들은 말과 똑같은 내용이 튀어나온 것이 가장 놀라웠다.

소피아의 눈으로 보면 너무나도 훈훈한 광경.

웃음이 나오는 것도 필연이었다.

"——아뇨, 아주 닮으셨습니다. 정말로."

"……?"

고개를 갸웃거리는 유타로를 두고 소피아는 사장실을 뒤로했다.

★★★
평생 일하고 싶지 않은
내가, 같은 반
인기 아이돌의
눈에 들면

"————그렇게 이번 일은 일단 해결되었어요."

『그렇구나……. 정말 잘 됐다.』

나는 유즈키 선생님에게 텐구지와의 재회에서 시작된 일련의 흐름이 어떻게 마무리되었는지 전화로 보고했다.

유즈키 선생님에게는 내 가짜 애인 상담도 했었고, 그때 많이 걱정 끼쳤던지라 사태가 어떻게 되든 반드시 보고하겠다고 정해 놨었기 때문이다.

『그나저나…… 설마 그 '벽창호'를 공략할 줄이야…….』

벽창호는 내 아버지인 시도 유타로를 말하는 거겠지.

공략이라는 표현에 조금 위화감은 느꼈지만, 뭐…… 썩 틀린 것도 아닌가.

『린타로, 혹시 사업 쪽에 재능이 있는 거 아니야?』

"농담으로도 하지 마세요……."

『아하하, 미안해! 린타로는 우리 어시로 계속 일해줘야 하니까!』

"네?"

『어?』

이상한 소릴 하는 유즈키 선생님.

마감이 힘들어서 정신상태가 위험해진 건가?

『……미안, 장난이 과했습니다.』

"저기, 당분간은 빚진 게 있다 보니 강하게 태클 걸 수 없거든요. 그걸 감안해 주셨으면 합니다."

『엄청 딱딱한 대답……. 하지만 정말로 해결되어서 다행이야. 린타로가 괴로워하지 않아도 되도록 계속 걱정했거든.』

전화 너머로 유즈키 선생님의 다정함이 전해졌다.

이번 기회에 드디어 나와 아버지는 가족이 된 건지도 모르지만, 이 사람은 그 이전부터 나를 가족으로 대해 주었다.

나에게는 나이 차이가 나는 누나라고 해도 될 정도다.

여차할 때 의지할 수 있는, 든든한 누나다.

"뭐, 그래서 슬슬 자유롭게 시간을 쓸 수 있을 것 같으니까 또 작업실로 돌아가도 될까요?"

『진짜?! 살았다……! 슬슬 수라장에 들어갈 것 같아서 전력이 필요했거든.』

"수라장이라고 들으면 별로 가고 싶지 않아지는데요……."

죽는다는 걸 알면서도 싸우러 가고 싶어 하는 인간이 이 세상에 얼마나 있을까?

적어도 현대 일본에는 없을 거다.

"그럼 오늘은 지금부터 할 일이 있으니까 이만 끊을게요. 일정에 관해서는 따로 제출하겠습니다."

『할 일?』

"전부 끝난 뒤풀이라고 해야 하나……. 신세 진 녀석들에게 보답하는 파티를 열 예정이라서요."

『보답 파티?! 나도 가고 싶은데?!』

"마감 괜찮으세요?"

『……오늘은 용서해주겠어.』

안 괜찮구나…….

"저기, 진짜 위험해서 일손이 필요하다면 갈게요……."

『아, 미안해. 시간은 빡빡하지만 일손은 충분하니까 괜찮아! 오늘은 신경 쓰지 말고 파티 잘 해. 필요할 때는 당당하게 연락할 거니까!』

"……알겠습니다. 그럼 감사히 그렇게 할게요."

그 후 잠시 잡담을 한 뒤 나는 통화를 마쳤다.

앞으로도 가능하면 유즈키 선생님에게 걱정 끼치지 않고 지내고 싶다.

원래 바쁜 사람인데 괜한 스트레스를 주고 싶지 않으니까.

"자, 그럼."

나는 그런 기합과 함께 팔을 걷어붙였다.

그리고 이 집의 부엌—— 시도 가문의 부엌을 둘러보았다.

"예상은 했지만…… 전혀 안 썼네."

그런 말을 중얼거리며 나는 반들반들한 가스레인지를 바라봤다.

이곳은 내가 어린 시절에 살던 집.

레이의 집과 비슷하게 호화로운 집.

어머니의 기억은 그리 떠올리고 싶지 않지만, 여기 있으면 싫어도 뇌리를 스친다.

하지만 뭐, 그로 인해 기분이 가라앉거나 몸 상태가 안 좋아지거나 하지는 않는다.

나는 제대로 과거를 뛰어넘을 수 있을지 걱정이었는데 아무래도 문제없어 보인다.

그래서 왜 여기에서 요리를 하게 되었는가. 그건 오늘의 파티 장소가 이 집이기 때문이다.

참석하는 사람은 밀스타 세 사람과 내 친구 유키오.

이번 일로 실컷 걱정 끼쳤으니 보답하게 해달라고 제안한 게 계기가 되었다.

이 집을 회장으로 선정한 건, 정말로 그냥.

굳이 이유를 꼽으라면── 나는 이제 과거를 털어냈다고 증명하고 싶었던 건지도 모른다.

"요리 같은 건 전혀 하지 않는 주제에 조리도구는 잘도 갖춰놨다니까……."

나는 여기저기 찬장을 열며 중얼거렸다.

그 아버지니까 메이커에 부탁해서 적당히 갖춘 게 틀림없다.

실제로 여기에 있는 조리도구는 전부 같은 메이커의 제품이다.

좋겠다. 내 집보다 조리도구의 종류는 풍부하잖아.

"그럼 시작할까."

나는 냉장고를 열고 오늘 대접할 예정인 재료를 꺼내 늘어놓았다.

이 냉장고도 상당히 좋은 냉장고잖아.

진짜 탐난다. 달라고 하면 주려나?

"먼저 고기부터 갈까……."

나는 스페어립을 들고 키친타올로 물기를 흡수했다.

소금후추로 밑간을 한 뒤 프라이팬으로 노릇해질 때까지 구웠다.

그리고 여기에서부터 활약하는 게——.

"……큭, 이것도 갖고 싶은데."

가스레인지 위에 놓인 '압력솥'을 보고 나는 또다시 중얼거렸다.

압력솥은 정말 편리한 도구다.

처음에는 압력을 가한다니 뭔 소리냐고 생각했는데, 일단 사용해본 뒤로는 이거 없이는 살 수 없는 몸이 되고 말았다.

뭐니 뭐니 해도 최강의 시간 단축 도구라는 점.

물론 요리에 따라 달라지지만, 이게 있다면 몇 시간이나 푹 끓여야만 하는 요리가 수십분 정도로 끝났다.

스페어립은 고기가 부드럽게 풀어지는 게 중요한 재료.

프라이팬 하나로도 부드럽게 조리하지 못하는 건 아니지만, 이런 부분에서 타협하고 싶진 않았다.

간장과 미림과 설탕과 다진 마늘.

그리고 잡내를 잡아주기 위한 술과 소량의 생강을 추가해 스페어립과 함께 압력솥 안에 넣었다.

뚜껑을 덮고 중불 위에서 잠시.

이윽고 압력솥의 기능으로 압력이 더해지니 여기서부터는 20분 정도 방치하면 된다.

참 편리하다.

"그동안엔……."

나는 가압이 끝날 때까지 다른 메뉴를 하나 더 만들기 위해 닭다리살을 들었다.

스페어립도 있으니 상당히 고기 중심의 식탁이 되고 말지만,

먹을 사람은 한창 식욕이 왕성한 아이돌들.

유키오도 일단은 남자라서 남들만큼은 잘 먹는다.

쌀 같은 탄수화물을 준비하지 않은 이 파티에서는 메뉴 하나하나에 포만감이 있을수록 좋다.

그런 고로 이 닭다리살을 사용할 생각인데, 먼저 이걸 버섯 등과 함께 먹기 좋은 크기로 자른다.

그리고 프라이팬에 샐러드유와 마늘을 넣어서 불을 켜고, 마늘 냄새가 기름에 스며든 뒤 닭다리살 표면이 노릇노릇해질 때까지 지글지글 굽는다.

한 번 닭다리살을 꺼낸 후 대신 버섯과 버터를 같은 프라이팬으로 볶고 난 다음 고기를 돌려놓고 화이트 와인을 한 바퀴 뿌렸다.

참고로 이 화이트 와인은 이 집에 원래 있던 거라서 내 손으로 산 게 아니라는 건 일단 밝혀놓는다.

그리고 알코올이 날아간 순간을 가늠해서 생크림과 콩소메 수프 스톡을 넣어 증기가 줄어들 때까지 푹 끓인다.

마지막으로 가루 치즈와 후추를 뿌려 맛을 조절해 완성이지만, 이게 또 끓을 때까지 시간이 걸리기 때문에 잠시 대기다.

이 요리의 이름은 '닭고기 프리카세'.

프리카세란 하얀색 끓임 요리라는 뜻이라는데, 간단하게 말하자면 스튜와 비슷하다.

둘 다 지금부터 20분 정도 푹 끓일 필요가 있으니 상당히 한가한 시간이 생겼는데——.

"응?"

그때 인터폰이 띵동 울렸다.

아무래도 그 녀석들이 도착한 모양이다.

"잘 왔어."

그렇게 말하며 나는 현관문을 열었다.

눈앞에 있는 건 사복을 입은 밀스타 세 사람과 유키오의 모습.

연락을 받았기 대문에 미리 알고 있었지만 정말 넷이서 합류한 뒤에 온 모양이다.

"야호, 린타로."

"초대해줘서 고마워, 린타로."

"배고파."

"오냐, 빨리 들어와."

나는 먼저 평소와 다를 게 없는 카논, 미아, 레이를 안으로 들였다.

그리고 그 뒤에 있던 유키오와 시선을 마주쳤다.

"저기, 나까지 불러도 괜찮았던 거야? 솔직히 조금, 나만 뜨는 느낌이……."

"그런 소리 하면 나도 마찬가지잖냐. 오늘은 내 은인으로 부른 거니까 마음껏 즐겨."

"으음……. 하지만 린타로도 대기업 아드님이고."

이 자식, 바로 놀려먹다니.

이 녀석은 내가 털어낸 것을 알고 있으니까 이제 놀려도 괜찮다고 생각한 모양이다.

뭐, 맞는 판단이다.

오히려 지금은 놀려주는 게 고맙다.

나 자신도 '평소'대로 돌아왔다는 실감이 필요했으니까.

"헛소리하지 말고 빨리 들어가. 이대로 가면 네 몫은 잔반이 되어버린다고."

"그건 안 되지. 네 요리를 버릴 바에야 어떤 곳이든 갈게"

"하이고, 그것참 고맙다?"

"칭찬한 거였는데."

낄낄 웃으면서 유키오를 안으로 들였다.

그대로 거실에 돌아가자 호기심에 찬 눈으로 실내를 둘러보는 세 사람의 모습이 보였다.

"흐음……. 여기가 린타로가 어린 시절을 보낸 집인가. 호화롭구나."

"레이의 본가랑 비슷해. 부자는 다들 이런 집을 좋아하나?"

솔직히 카논의 의견에는 동의하지 않을 수가 없었다.

큰 집 좋아하더라. 부자들.

죄송합니다. 편견입니다.

"아주 맛있는 냄새가 나. 벌써 요리 다 됐어?"

"어, 메인 디시는 대충. 나머지는 자잘한 거랑 냉장고에서 식히는 중인 디저트 정도야."

"기대된다. 배고파."

"그 소리 집에 들어올 때도 했잖냐."

레이는 여전히 먹성이 좋구나.

뭐, 나에게는 그게 가장 고맙지만.

"린타로, 우리는 뭐 도와줄 거 있어? 기다려야 한다면 할 일도 없는데, 도와줄 수 있는 게 있다면 돕고 싶어."

"그거 고맙지. 그럼 앞접시와 식기를 날라줄래? 요리에 집중하느라 잊어버렸어."

"오케이, 알았어."

식기를 넣어놓은 장소를 알려주자 유키오만이 아니라 다른 세 사람도 돕기 시작했다.

그동안 나는 요리가 어디까지 됐는지 확인하러 갔다.

'······좋아, 슬슬 된 것 같아.'

압력솥의 뚜껑을 열어 스페어립의 냄새를 맡았다.

으음, 죽여주네.

냄새만으로도 상당히 식욕을 자극했다.

프리카세도 닭고기가 완전히 익었고 화이트소스의 진한 냄새가 풍겼다.

양쪽 다 한입씩 간을 보며 세부적인 맛을 확인했다.

"하하, 역시 나야. 퍼펙트."

맛도 완벽.

이거라면 당당히 녀석들 앞에 대접할 수 있겠다.

나는 스페어립은 커다란 접시에, 프리카세는 각자 개별 접시에 담은 뒤 네 사람이 기다리는 테이블로 가져갔다.

"자, 오늘의 메인 디시들이다."

그렇게 말하며 테이블에 놓자마자 네 사람의 눈이 반짝거렸다.

"와아! 스페어립이잖아! 으음! 냄새 좋다!"

한눈에 봐도 신이 난 카논을 보고 나도 무심코 웃음이 나왔다.

역시 나를 위해서가 아니라 누군가를 위해 요리하는 게 더 즐겁다.

특히 이 녀석들을 기쁘게 해주려고 만드는 요리는 내 인생을 뿌듯하게 해주는 소중한 존재다.

이 녀석들의 눈을 보며 나는 새삼 그렇게 느꼈다.

"대단해라……. 이거 시간 많이 걸린 거 아니야?"

"아니, 압력솥이 있으니까 그 정도는 아니야. 이 하얀 것도 그렇게 오랫동안 끓이지 않았고."

"오오, 시도 린타로쯤 되면 시간 단축도 자유자재다 이건가? 역시나."

"칭찬해봤자 요리밖에 안 나오거든?"

"그걸 노리고 칭찬하는 거야."

변함없이 미아는 혓바닥이 매끄럽다.

나는 한 번 부엌으로 돌아가 메인 디시 옆에 놓을 예정이었던 사이드를 준비했다.

통칭 칵테일 샐러드.

작은 그릇에 토마토, 아보카도, 삶은 달걀을 넣고 치즈를 가늘게 잘라서 올린 뒤 마지막으로 드레싱을 뿌린다.

고작 이 정도뿐인 간단한 메뉴지만 보기에는 훌륭하다.

여기에 레몬즙을 살짝 뿌려주면 무거운 요리 사이에 입가심으로 딱 좋은 효과를 준다.

"좋아, 이걸로 요리 끝. 스페어립이 양이 꽤 많으니까 분명 배가 부를 테지만, 혹시 부족하면 말해. 밥은 없어도 바게트라면 준비해놨어."

나는 네 사람 앞에 칵테일 샐러드를 놓고 마지막으로 내 자리 앞에도 같은 걸 놓았다.

그대로 자리에 앉아 한 명 한 명과 눈을 마주쳤다.

"그럼 잘 먹겠습니다."

""""잘 먹겠습니다.""""

다섯 명이서 나란히 입을 모은 뒤 요리에 손을 대기 시작했다.

나는 일단 손을 움직이지 않고 네 사람이 어떤 반응을 하는지 관찰하기로 했다.

먼저 스페어립에 손을 댄 사람이 레이와 카논.

두 사람은 거의 동시에 고기를 입에 넣고, 거의 동시에 눈을 부릅떴다.

"부드러워!"

"부드러워……!"

그리고 거의 동시에 같은 말을 했다.

"뭐야 이거……! 입 안에서 그냥 녹는데?!"

"굉장해. 마시는 것 같아."

압력솥으로 극한까지 흐물흐물하게 익은 스페어립은 나이프를 쓰지 않아도 포크만으로도 쉽게 잘린다.

입에 넣으면 순식간에 녹아서, 푹 끓일 때 사용한 간장 베이스 소스가 구석구석 스며든 고기의 감칠맛이 좍악 퍼져나갔다.

내가 꿈꾸던 이상적인 스페어립이 여기에 있었다.

"음, 나는 이거부터 먹기로 할까."

"나도 그래야지."

두 사람이 스페어립을 먹는 걸 보고 미아와 유키오는 프리카세로 손을 뻗었다.

각자 닭고기를 입에 넣더니 둘 다 스페어립 팀과 마찬가지로 눈을 부릅떴다.

"맛있어……!"

"응……! 화이트소스가 잘 스며들어서 맛있어!"

이쪽도 입에 맞은 모양이다.

우선 메인은 둘 다 성공이라고 할 수 있겠구나.

내 안에서는 완벽하다고 느껴도 결국 먹는 사람의 입에 맞지 않으면 의미가 없으니까.

이제 나도 안심하고 요리를 먹을 수 있다.

"……그나저나 생각보다 빨리 해결됐네. 이번 일."

다 함께 요리를 먹던 도중 문득 떠올랐다는 듯 카논이 입을 열었다.

"결국 린타로의 소꿉친구라는 텐구지와는 어떻게 된 거야?"

"뭐, 앞으로도 좋은 친구로 지냅시다 같은 느낌? 그 녀석도 집안에 꽤 휘둘렀던 모양이고, 저쪽에서 포기해준 지금 괜히 으르렁거릴 필요도 없어졌거든."

"흐응……. 과거의 사랑이 다시 불타오르거나 하진 않았어?"

"어, 그건 없더라."

결국 중간에 내 진심을 깨달았고, 내가 텐구지를 좋아했던 건 진작에 과거가 되었다.

　그것만큼은 시간이 조금 지난 지금도 흔들리지 않는다.

　"그러고 보면 아버지와도 화해한 거지? 잘됐네."

　"화해라니……. 뭐, 그 점은 네 힘도 컸다. 고마워, 카논."

　"뭔데. 순순히 고맙다고 하니까 민망하잖아."

　카논은 살짝 뺨을 붉히고는 나에게서 시선을 돌렸다.

　그런 그녀의 태도를 보고 레이와 미아는 나에게 의아한 시선을 보냈다.

　아, 하긴 카논의 집에서 이래저래 대화했다는 건 두 사람에게는 말을 안 했구나.

　딱히 자세하게 해설할 필요도 없다고 보지만.

　"아버지와는 앞으로도 필요 이상으로 연락하지는 않을 거야. 나도 아버지도 그런 타입은 아니니까."

　그렇게 말하며 회사를 떠날 때 소피아 씨에게서 들은 말을 떠올렸다.

　나와 아버지가 닮았다는 이야기. 그건 어쩌면, 얼굴이 아니라 성격을 말하는 건지도 모른다.

　──그렇다고 해도 닮은 것 같진 않지만.

　"린타로의 아버지는 어떤 사람이야?"

　"어? 으음……. 한마디로 표현하라면 워커 홀릭이지만, 딱히 재미있는 구석은 없는데?"

　"그렇다고 해도 만나보고 싶네. 꼭 인사하고 싶어."

　"인사?"

미아는 생글생글 웃으면서 나를 보고 있다.

으스스하다. 너무 으스스하다.

"나도 인사하고 싶어. 린타로에게는 항상 신세 지고 있으니까 인사드려야지."

"에이, 그런 건 굳이 괜찮은데……. 아무튼 그런 거라면 다음에 연락해볼게. 일이 너무 바빠서 일정을 전혀 못 맞출 것 같은 느낌이 들지만."

이건 레이에게도 해당된다.

바쁜 사장과 바쁜 아이돌.

아무리 몸부림쳐도 일정이 맞을 것 같지 않다.

"확실히 우리도 앞으로 더 바빠지니까……. 아, 나도 이거…… 뭐랬더라?"

"프리카세."

"응응, 프리카세를 먹어보시겠어."

익살스럽게 말하며 카논은 프리카세로 손을 뻗었다.

닭고기를 입에 넣은 카논은 잠시 우물거린 뒤 경악한 듯한 표정을 지었다.

"으음! 소스로 푹 끓였을 텐데 표면이 아직 바삭해."

"어? 아, 먼저 닭고기의 껍질이 있는 쪽을 구워놓거든. 그러면 기름기도 빠지고 구수함을 더할 수도 있어."

"와……! 여전히 꼼꼼하게 신경 쓰네."

"뭐 좀. 요즘 또 처음부터 요리를 다시 배우고 있거든. 기왕이면 더 정점을 추구하고 싶어서."

레이의 어머니인 리리아 씨의 요리를 먹은 뒤로 내 의욕은 하늘을 찔렀다.

술 하나로 맛이 확 달라지는 심오함—— 아직 나는 미숙했다며 원통함이 치밀어오른다.

역시 장래의 아내에게는 최고의 요리를 먹여주고 싶다.

앞으로는 요리책을 그대로 따라하는 것만이 아니라 각종 팁을 시도해보려고 한다.

"으음……. 린타로가 여기서 더 요리를 잘하게 된다면 우리는 점점 더 네게서 떨어지지 못하게 되잖아. 그때는 책임져줄 거지?"

"하하, 오냐 미아. 그때는 한꺼번에 돌봐주마."

"어?"

이 녀석들이 내 요리를 먹고 싶어 한다면 그 마음에 응해 주고 싶다.

인생의 커다란 전환기에 있어 주었다.

이 은혜는 평생에 걸쳐 갚아야지.

뭐, 이 녀석들도 언젠가는 내 옆에서 떠나갈 거라고는 생각하지만.

몇 년 지나면 남편이나 아내도 생길 테고, 매번 밥만 먹으러 나를 찾아올 수도 없——.

"……너 그거 진심이야?"

"어?"

그런 내 생각과는 반대로 신중하게 묻는 카논도 미아도 몹시 진지한 눈빛으로 나를 보고 있었다.

어라? 나 혹시 이상한 소리 했나.

"한꺼번에 돌봐준다는 건, 앞으로 우리의 식사는 전부 네가 관리해준다고 이해해도 될까?"

"아, 아니, 미아……. 그건 좀, 말이 그렇다는 거지."

"흐응? 너는 자기가 한 발언에 책임도 지지 못하는 남자였다는 거구나?"

"윽……."

아니, 뭔데? 왜 내가 궁지에 몰렸는데?

"전부터 레이만 돌봄 받는 게 부러웠단 말이지~. 네 생활에 필요한 돈 정도는 우리도 낼 수 있거든? 가능하다면 나도 레이랑 같은 계약을 맺고 싶었다고."

"나도 카논과 같은 생각이야. 가능하다면 레이와 같은 서포트를 받고 싶었어."

흉흉한 미소를 지으며 살금살금 다가오는 카논과 미아.

나는 무심코 테이블과 함께 뒤로 물러났지만, 두 사람은 그보다 빠르게 거리를 좁혔다.

"……안 돼. 린타로는 내 거."

하지만 그런 두 사람을 가로막듯이 레이가 끼어들었다.

나이스, 레이.

네 등이 거룩하게 빛나 보여.

근데 유키오.

'평화롭구나' 하는 얼굴로 샐러드 먹지 마라.

날 구해달라고.

"비켜, 레이. 린타로는 우리도 책임져준다고 했잖아."

"맞아. 나도 카논도 이미 린타로의 돌봄을 받을 권리가 있어."

카논과 미아 VS 레이.

이런 곳에서 밀스타 사이에 불화가 발생했다는 게 알려지면 팬들은 대체 어떻게 될까.

──아니, 그런 태평한 생각을 하고 있을 때가 아니지.

"린타로가 돌봐주는 건 나뿐이야. 아무리 두 사람이라고 해도 양보하기 싫어."

"뭐야, 너도 지금까지 그런 것처럼 계속 신세 질 거니까 상관없잖아."

"……하지만."

"미안한데…… 나도 이젠 진심이야."

"윽……."

레이가 숨을 삼키는 기척이 느껴졌다.

야야, 결국 평소처럼 투닥거리나 보다 했는데 조금 상태가 다르지 않냐?

"카논……, 그 말은."

"너희에게는 시시콜콜 말하지 않아도 전해졌지? 나도 너희의 그 싸움에 참전하기로 했거든."

"……."

혹시 나 지금 걸림돌인가?

여기는 일단 내 집이지만 어째서인지 내가 없는 게 더 순탄하게 흘러갈 것 같은 예감이 든다.

"……린타로."

"어? 뭐, 뭔데."

"카논하고 미아에게도 앞으로는 밥 차려줄 수 있어?"

"뭐? ……나는 상관없지만, 너는 괜찮냐?"

"두 사람과는 공평하게 싸우고 싶으니까."

"……?"

시선만으로 불꽃이 튀는 세 사람.

아무튼 내가 미아와 카논도 돌봐주면 무언가가 공평해지는 모양이다.

그런 거라면 뭐, 괜찮지 않나?

"……잠깐."

눈싸움이 이어지는 가운데 발언한 사람은 침묵으로 일관하던 유키오였다.

"세 사람 모두 린타로의 서포트를 받고 싶다는 거지?"

"그래. 그런 이야기를 하고 있었지."

"그 마음은 나도 무척 이해할 수 있지만, 조금 냉정해져 봐. 세 사람을 돌보기 위해 집을 오가다보면 아무리 린타로라고 해도 몸이 상할 거야."

"끙……."

"오토사키는 처음부터 린타로와 그런 계약을 했으니까 우선권이 있는 건 당연하다고 해도, 다른 두 사람이 린타로를 억지로 나누려고 한다면 나는 막겠어."

유키오의 말을 듣고 카논과 미아는 겸연쩍은 듯한 표정을 지었다.

"확실히 우리는 매일 같은 시각에 일이 끝나는 게 아니지. 날에 따라서는 다른 시각에 귀가하기도 하고, 쉬는 날도 매번 같지 않고."

"그래……. 열쇠를 줄 수도 있긴 하지만, 1LDK의 방도 포함해서 화장실도 욕실도 매번 세 집이나 청소해달라고 하는 건 조금 많이 미안하네."

미아, 이어서 카논이 말한 대로 실제로 세 사람을 돌봐줄 수는 있겠지만 학업과 병행할 수 있을지는 조금 불안하다.

요리는 매번 만들어서 냉장고에 넣어놓게 될 수도 있고, 청소와 빨래 등등이 전부 세 배가 된다는 건 단순히 힘들다.

무엇보다 귀찮은 건 전원의 스케줄을 상세하게 파악할 필요가 있다는 점이다.

솔직히 지금의 나로서는 자신이 없다.

유즈키 선생님 밑에서 하는 아르바이트도 하고 싶고, 내 시간을 이 이상 희생할 수는 없다.

세 사람 중 누군가를 소홀히 하는 것도 미안하고, 거기까지 생각하면 그리 현실적인 이야기는 아닌 것 같다.

하다못해 세 사람이 같은 집에 산다면── 응?

"아, 셋 모두 이 집에 산다는 건 어때? 그러면 공유 공간이 늘어나니까 청소하기도 쉽고, 요리도 굳이 개별로 준비하지 않아도 되는데. 전원을 한꺼번에 돌봐줄 수 있으니까 나도 부담이 줄어들고."

"""……."""

"……미안, 아무래도 농담이 심했——."

엉뚱한 소리를 해버렸다고 느낀 나는 다급히 지금 한 발언을 취소하려고 했다.

하지만 그런 내 말을 가로막듯 세 사람이 몸을 바싹 내밀었다.

"그거야!"

"좋네."

"그렇게 할래."

"어……?"

눈을 빛내는 카논, 미아, 레이를 보고 나는 고개를 갸웃거렸다.

"그래, 왜 떠올리지 못한 거지? 어차피 지금도 같은 층에 살고 있으니까 한 지붕 아래에서 사는 거랑 별 차이 없잖아!"

"카논 말이 맞아. 우리도 앞으로는 조금 더 협동심을 키워야 하는 참이었으니까, 이번에는 완전히 한집에서 살아본다는 건 좋은 아이디어라고 봐."

"협동심?"

나는 미아의 말에서 의문을 느끼고 무심코 입 밖으로 내버렸다.

"……확정 났어."

"어?"

"우리의 부도칸 라이브."

"?!"

레이의 촉촉한 눈은 그게 진정으로 현실임을 드러내고 있었다.

부도칸 라이브. 즉 레이의 꿈.

밀피유 스타즈의 '레이'가 내세운, 아이돌 활동의 목표다.

"드디어…… 하게 되었구나."

내 말을 듣고 레이는 고개를 끄덕였다.

그리고 카논과 미아도 어딘가 자랑스럽다는 듯 레이 옆에 섰다.

"부도칸 라이브는 지금 우리의 집대성. 여태까지 한 라이브와는 비교가 되지 않는 규모가 될 거야."

"라이브 시간도 가장 길어질 테고, 세트리스트도 가장 많아질 예정이지."

"퍼포먼스도 부도칸용으로 싹 갈아엎을 거야. 그러니까 우리는 지금까지보다 더 서로를 알고 서로를 신뢰해야만 해."

그래, 그렇구나.

흥분이 발밑에서부터 타고 올라 정수리를 꿰뚫었다.

누군가의 꿈이 이뤄지는 순간에 입회할 수 있다는 건 이렇게나 감동적인 건가.

아니, 아니지. 아직 완전하게 이뤄진 건 아니다.

라이브 개최가 정해졌을 뿐. 당사자도 아닌 내가 신이 날 때가 아니잖아.

"잘됐다…… 레이."

"응. ……그러니까, 린타로."

"응?"

"우리 모두의 부탁이 있어."

조금 전까지 감돌던 험악한 분위기는 어디로 간 건지.

세 사람은 강한 결속력을 보이며 내 앞에 섰다.

이것이야말로 내가 아는 밀피유 스타즈의 모습——.

"부도칸 라이브가 끝날 때까지 우리와 한 지붕 아래에서 살아줘."

"……왜 그렇게 되는데?"

단결한 세 사람에게서 튀어나오는 부탁이 그거냐?

내 머리는 그 요구의 임팩트에 견디지 못하고 혼란에 빠졌다.

"에이, 내가 아까도 말했잖아? 앞으로는 우리의 신뢰 관계를 더욱 더 강하고 튼튼하게 만들어야 한다고."

"맞아. 그런 중요한 시기에 너를 두고 싸울 때가 아니지. 그러니까 하다못해 부도칸 라이브가 끝날 때까지 너를 공유하게 해줘."

아, 그래. 날 공유하겠다고.

으음, 냉정하게 생각해도 의미를 모르겠다.

"린타로……. 부탁이야."

"윽……."

다만 이렇게 애원하면 나도 무시할 수는 없어진다.

뭐, 원래 이 녀석들의 부탁을 일방적으로 밀어내지는 않지만, 아무리 그래도 세 사람과 같은 집에서 살라는 건 위험성 때문에 내 안에서도 거절한다는 선택지가 나타난다.

하지만 부도칸 라이브가 끝날 때까지라는 기간 한정이며, 이렇게 하지 않으면 우정이 흔들린다는 말을 들어 버리면 거절한다는 선택지로 가는 길은 폐쇄된 것이나 마찬가지였다.

"……알았어. 괜히 저항해봤자 너희가 한 번 요구한 걸 치워주진 않을 테니까. 받아들일게."

"""……!"""

"단, 위험 관리 측면에서 내가 요구하는 규칙은 꼭 지켜라."

나는 몇 개의 규칙을 제시했다.

하나, 밖에서 접촉하는 건 여태까지처럼 할 것.
둘, 나와 세 사람의 귀가 시각은 최대한 어긋나게 할 것.
셋, 변장을 더 철저히 하고 시선을 조심할 것.

늘어놓고 보니까 텐구지 감시 대책 때와 거의 같은 내용이잖아.
"이걸 지킬 수 있다면 우선 기간 한정으로 너희의 가사도우미 역할을 받아들이겠어."
"지킬게."
"지키고 말고."
"맡겨주시라."
대답은 가볍지만 세 사람 모두 눈은 진지했다.
나에게만 풀어질 뿐, 본래 이 녀석들의 프로정신은 아주 투철하다.
이런 소릴 하지 않아도 자기들에게 불리해질 만한 짓은 하지 않겠지.
그렇게 생각하면 어느 정도 위험을 감수하면서까지 나를 옆에 두려고 하는 건가.
으음, 민망하네.
"그래서 장소는 어떻게 할래? 정말로 이 집을 쓰게 해달라는 건 아무리 그래도 뻔뻔하잖아."
"너희가 괜찮다면 물어는 볼까? 어차피 아버지가 돌아올 일은 거의 없을 테고."

"으음……. 그건 감사하지만, 린타로의 아버지에게 내 인상이 나빠지는 건 싫은데."

"넌 뭘 걱정하는 거냐, 미아."

우선 이 이야기는 여기까지.

우리는 처음 목적대로 식사에 집중하기로 했다.

텐구지 사건의 보답이었던 자리가 어느새 밀스타의 부도칸 입성 축하 파티가 되어버렸지만── 뭐, 딱히 상관없겠지.

오늘은 우리의 앞날에 건배하는 걸로 하자.

"──그래서 당분간 집을 쓰고 싶은데."

거실에서 보드게임에 빠져있는 밀스타 세 사람과 유키오를 두고 나는 혼자 전화를 걸었다.

전화 상대는 당연히 아버지다.

『……집을 쓰는 것 자체는 상관없다. 나도 거의 돌아가지 않고, 오히려 누군가가 사는 게 도움이 되지. 그 같이 산다는 연예인은 몇 명이지?』

"세 명."

『그렇다면 서재는 그대로 둬도 방 수는 충분하군.』

"어. 안 쓰는 방을 이 녀석들의 방으로 주려고."

『거기까지 이해하고 있다면 마음대로 사용하도록.』

"고마워."

이걸로 집 문제는 어떻게든 됐다.

근데 이 상황은 뭐지.

나와 아버지는 얼마 전까지만 해도 사이가 아주 나빴는데, 관계가 개선되자마자 이렇게 연락을 다 하고?

──뭐 됐다.

나는 쓸 수 있는 건 뭐든 쓰는 주의다.

거절이면 모를까 허락해준다는데 사양할 필요도 없지.

『그나저나 네가 연예인과 같이 살게 된다니…… 무슨 경위로 알게 된 거지?』

"세 명 중 한 명과는 같은 반이거든. 그래서 알게 됐지."

『오토사키 씨의 따님 말인가. 신기한 인연도 있군.』

그러게 말이다.

옛날에 만났던 여자아이와 재회해서 휘둘리기도 하고 휘두르기도 하고.

대체 무슨 만화 같은 상황이냐고.

『이제 와서 아버지랍시고 간섭할 입장도 아니고, 너 자신도 이해하고 있을 테지만 스스로 선택한 길이니 더욱 조심해서 가라. 무슨 일이 있었을 때 앞날이 막혀버리는 건 네가 아니라──.』

"어, 알아."

『……그래, 그럼 됐다.』

그런 대화를 끝으로 누가 먼저랄 것 없이 전화를 끊었다.

내 인생만이라면 어떻게든 된다.

하지만 그 녀석들의 입장은 별개다.

나는 앞으로도 밀피유 스타즈의 꿈을 계속 지킬 것이다.

"······린타로?"

"응?"

갑자기 불린 이름에 고개를 들자 이쪽을 살펴보는 듯한 얼굴의 레이와 눈이 마주쳤다.

"통화 끝났어?"

"어, 지금 끝났어. 이 집이라면 자유롭게 써도 상관없대."

"좋은 소식. 정말로 감사."

"근데 너는 왜 나한테 왔냐? 보드게임은 어쩌고."

"일찍 져서 린타로의 상황을 보러 왔어. 세 사람은 지금 한창 클라이맥스."

거실로 귀를 기울이자 확실히 신음이며 환호성이 들렸다.

정말로 치열하게 달아올랐구나.

"······."

"? 왜 그래?"

"어, 아니. 아무것도 아냐."

위험해라. 나도 모르게 얼굴을 빤히 쳐다봤다.

이 녀석을 좋아한다고 자각한 뒤로 묘하게 의식하게 된다.

당연하다면 당연하지만 내 안에 그런 새콤달콤한 감정이 있다고 느낀 순간 민망해졌다.

"그, 그나저나, 정말 축하해."

"어?"

"부도칸 라이브 말이야. 네 꿈이었잖아?"

"……응. 드디어 여기까지 왔어."

레이는 눈을 감고 곱씹는 듯한 분위기로 그렇게 말했다.

"아직 실감은 별로 없어. 마음이 둥실둥실해서 공중에 떠 있는 것 같아."

"그러냐……. 재밌는 감각이네."

나는 아직 꿈이 이뤄진다는 감각을 모른다.

이 세상 사람은 대부분 어린 시절에 꿨던 꿈을 이루지 못하고 죽는다.

히어로나 공주님 같은 꿈은 현실을 알게 되면서 사라져간다.

그래서 나는 어린 시절부터 품어온 꿈을 이루려고 하는 레이를 존경한다.

나에게는 없는 무언가를 지닌 인간에게 끌리는 모양이다.

다만—— 나에게는 한 가지 마음에 걸리는 게 있었다.

"저기, 레이."

"왜?"

"부도칸 라이브가 끝나면…… 그 뒤에는 어떻게 할 거냐?"

아이돌이라는 꿈을 이루고, 부도칸 라이브라는 꿈을 이루고, 그다음에 있는 건 뭘까.

사실 오늘까지도 계속 궁금했던 점이다.

꿈을 이루면, 거기까지 도달한 인간은 대체 어떻게 될까?

또 새로운 꿈을 찾아낼까? 아니면——.

"……솔직히 아직 아무것도 안 정했어. 미아는 배우가 되려고 하고, 카논은 브랜드를 만들거나 프로듀서 일을 하고 싶다고 하는데, 나는 그런 목표도 없으니까."

레이는 어딘가 쓸쓸하다는 얼굴이었다.

꿈이 이뤄진다는 건 꿈이 끝난다는 것.

무슨 배부른 소리냐고 생각할지도 모르지만, 글자만 놓고 본다면 사실이다.

인간은 꿈을 향해 달리고 있을 때야말로 빛난다.

바로 다음 꿈을 찾아서 달릴 수 있는 인간은 분명 언제까지고 계속 반짝반짝하겠지.

하지만 그 빛을 불꽃에 비유할 때, 말 그대로 다 타버리고 난 인간은 어떻게 되는 걸까.

"린타로는…… 내가 아이돌이 아니어도 같이 있어 줄 거야?"

그건 대체 무슨 의도가 담긴 질문일까.

레이에게 자신이 아이돌이라는 것은 더없는 가치.

그 가치를 놔버린 후를 물어본다는 건, 이 녀석 안에 커다란 망설임이 있다는 뜻이다.

예를 들어 부도칸 라이브가 끝난 뒤에 밀피유 스타즈를 은퇴하려고 생각한다거나……?

그렇다면, 나는——.

"레이! 빨리 돌아와! 다음 게임 시작할 거야!"

""!""

갑자기 거실 쪽에서 카논의 목소리가 들려 우리의 어깨가 튀어 올랐다.

아무래도 지금 하던 보드게임이 끝난 모양이다.

너무 타이밍이 나빴다고 해야 하나, 오히려 살았다고 해야 하나.

어쩌면 나는 분위기에 휩쓸려 터무니없는 말을 해버렸을 가능성이 있다.

"……돌아가자. 결국, 꿈을 이룬 뒤의 일은 실제로 꿈을 다 이룬 순간에야 알 수 있으니까. 아직 시간은 있잖아?"

"응……."

"부도칸 라이브 전에 할로윈 라이브도 남아 있잖냐. 내가 할 수 있는 일이라면 뭐든 도와줄 테니까. 우선 눈앞에 있는 일부터 하나씩 하자고."

"……알았어."

그런 대화를 끝으로 우리는 거실로 돌아갔다.

미래에 대해서는 모른다.

다만 한가지 말할 수 있는 건, 돌이킬 수 없는 커다란 무언가가 변화하려고 하고 있다는 것.

그때 우리의 관계는 대체 어떻게 되어 있을까.

모든 것은 신만이 알고 있다.

나는 출구가 없는 생각의 미로를 우선 나중으로 미루기로 했다.

★★★
평생 일하고 싶지 않은
내가, 같은 반
인기 아이돌의
눈에 들면

그곳은 어떤 BAR.

　어둑한 분위기이긴 그 가게에는 초로의 바텐더와 정장을 입은 한 남성이 있었다.

　남자의 얼굴은 상당히 붉어져 있어서 오랫동안 센 술을 마셨다는 게 보였다.

　그는 눈앞에 있는 위스키잔을 쭉 들이키고는 고통스러운 듯 신음했다.

　"──상태가 말이 아니군."

　"윽!"

　그런 그에게 말을 건네는 다른 남자가 한 명.

　새로 가게에 들어온 그 남자, 시도 유타로는 술에 취해 쓰러지기 직전인 남자 텐구지 슈스케 옆에 앉았다.

　"위스키를 록으로."

　"알겠습니다."

　주문을 마친 유타로는 입고 있던 재킷을 의자 등받이에 걸쳤다.

　그런 그를 슈스케는 저주하는 듯한 시선으로 노려보았다.

　"잘도 내 앞에 나타났군……. 우리 회사를 매수하려는 네놈이!"

　"상관없지 않나. 대학 시절의 친분인데."

　"그런 옛날 일을 이제와서……!"

　격양한 순간 슈스케는 사레에 들려 세게 콜록거렸다.

거기에 체력을 대폭 빼앗긴 건지 그는 소리치던 것을 멈추고 그저 유타로를 노려보았다.

"경영이 잘 풀리지 않았던 모양이더군. 매수를 위해 자세히 조사해봤다."

위스키로 입술을 축이며 유타로는 슈스케에게 그런 말을 던졌다.

텐구지 그룹의 경영 상태는 수면 아래에서 서서히 위험 수위에 도달하려 하고 있었다.

그 사실을 눈치챈 사람은 지극히 적다.

그만큼 내부의 우수한 인재들이 열심히 움직이고 있다는 뜻이다.

"시끄럽다……. 설립 이후로 지금까지 성공가도만 달린 네놈이 뭘 안다고."

"텐구지 그룹은 네가 아버지에게서 물려받은 회사였지."

"……텐구지 그룹을 일본 최고의 회사로 만들라는 게 아버지의 유언이었어. 그때 이미 기울어가고 있던 경영에서 눈을 돌리고 나에게 모든 것을 떠넘긴 거지."

슈스케는 고개를 숙이고 큭큭 웃었다.

"텐구지 그룹이 아직 존속하고 있는 건 생전의 아버지와 함께 일하던 녀석들이 뼈를 깎아가며 일하고 있기 때문이야. 이미 나 같은 건 필요 없지."

"……그래서 딸을 이용해 존재의의를 보여주려고 했나?"

"윽!"

핵심을 찌르는 듯한 유타로의 말에 슈스케는 눈을 부릅떴다.

"너는 계속 자신의 운명을 저주했었지. 아버지에게서 떠안은 거대한 압박에서 벗어나려고 계속 괴로워했다."

"……그게 뭐 어떻다는 거냐."

"모르겠나? 너는 자기가 당했던 걸 딸에게 고스란히 강요하려 했다는 걸."

"————!"

슈스케가 숨을 삼켰다.

자신이 딸인 텐구지 유즈카에게 해왔던 부당한 대우들이 머리를 스쳤다.

텐구지 그룹을 위해 살아라.

그것은 아버지가 자신에게 끊임없이 말했던 저주였다.

"……나, 나는…… 유즈카에게 무슨 짓을 하려 했던 거지."

얼굴을 손으로 감싼 슈스케가 부들부들 떨었다.

그는 간신히 자신의 행동을 인식하고 두려움을 느꼈다.

식은땀을 흘리는 그 모습을 보고 유타로는 작게 한숨을 쉬었다.

"사실 텐구지 그룹 매수는 내 의사가 아니다."

"뭐, 뭐라고?!"

"내 아들의 뜻이지. 좋아하지도 않는 사람과 결혼해야만 하게 된 네 딸을 구하겠다고, 내 아들—— 린타로가 나에게 텐구지 그룹을 매수해달라고 부탁했다."

몇 달 전, 손수 많은 자료를 긁어모아 교섭을 걸어온 린타로의 모습을 떠올리고 유타로는 무심코 웃음을 터트렸다.

"오늘 여기에 온 이유는 네게 교섭을 제안하기 위해서지."

"교섭이라고……?"

"만약 네가 딸의 대우를 개선하고 자유를 존중하겠다고 맹세한다면 매수 이야기는 없었던 걸로 해줄 수 있다. 더불어 원래 네 딸이 원하던 기업 제휴 건도 받아들이지."

"……."

"텐구지 그룹의 경영을 회복시킬 수단은 이미 있다. 우리가 서로 협력한다면 더 큰 발전도 가능할 거다."

유타로는 더없이 진지한 눈으로 슈스케를 바라보았다.

그 눈을 보고 슈스케는 이 말이 결코 농담이 아님을 이해했다.

"자, 어떻게 할 거지?"

"……여전히 재수 없는 남자로군."

슈스케는 마치 허물을 벗어버린 듯한 얼굴로 술이 아닌 물을 목에 흘려넣었다.

"──알았다, 그 조건을 받아들이지. 아버지에게서 받았던 부당함을 그대로 딸에게 강요했었다는 걸 안 지금 무언가를 크게 바꿔야만 한다는 건 명백하니까."

"현명한 판단이군."

"굴욕적이야……. 너한테 의지해야만 하다니."

투덜거리는 슈스케 옆에서 유타로는 미소 지었다.

그 모습을 본 슈스케는 유타로에게 의아한 시선을 보냈다.

"? 내 얼굴에 뭐라도 묻었나?"

"……아니, 그런 식으로 표정이 겉으로 잘 드러나는 인간이었나 하고."

"흠, 확실히 그렇겠군. 그 부분은 나 스스로도 놀라고 있다."

다시 위스키를 입에 댄 유타로는 잔에 담긴 크고 둥그런 얼음을 바라보았다.

마치 그곳에서 자신의 추억을 보는 것처럼 그의 눈은 얼음 너머 깊은 곳으로 향해 있었다.

"아들이 나를 아버지로 만들어주었다. 일밖에 모르는 기계였던 나를 피가 흐르는 인간으로 만들어주었지. 그래서 지금이라면 제 인연을 소중히 여긴다는 감각을 이해할 수 있다."

유타로는 위스키 잔을 흔들어 슈스케의 잔에 쨍 맞댔다.

"너와 나 사이에도 인연은 있지. 자식을 괴롭게 한 부모끼리 서로를 보고 반성하면서 살아가야 한다고 생각하지 않나?"

"아이를 괴롭혔던 걸…… 반성이라."

슈스케는 자신의 위스키 잔을 바라보았다. 이윽고 그 잔을 손에 들더니 유타로의 잔에 마주 댔다.

"……알았어. 나도 나를 반성하며 살아가지."

그 말을 뱉은 후, 슈스케는 카운터에 대금을 올려놓았다.

그리고 재킷을 걸친 뒤 일어났다.

"제휴에 관련된 자세한 이야기는 술이 들어가지 않았을 때 듣겠어."

"모처럼 만났으니 옛날이야기라도 하는 건 어떤가?"

"너와 화기애애하게 술을 마시라니 죽어도 싫어."

"그래, 유감이군."

가벼운 어조로 맞장구를 치는 유타로를 세게 노려본 슈스케는 토하듯이 혀를 찼다.

"쳇…… 어차피 네 아들도 널 닮아서 성격이 더러울 거다."

슈스케는 BAR를 나와 하늘을 바라보았다.

택시를 타고 돌아갈까, 아니면 데리러 오라고 부를까.

밤바람을 맞으며 가까운 역까지 걸어가는 것도 괜찮을 것 같다.

아무튼 집으로 돌아가면 먼저 딸에게 사과해야만 한다.

슈스케는 스스로를 타이르며 걸음을 뗐다.

"──아버지."

그런 그에게 말을 거는 소녀의 목소리.

순간적으로 슈스케가 시선을 던진 그곳에는 자신의 딸, 텐구지 유즈카가 있었다.

그녀는 쭈뼛거리면서 슈스케에게 다가왔다.

"시도 유타로 님께 연락을 받고 마중 나왔습니다……."

"……그 남자, 쓸데없는 배려를."

아직 BAR에 있을 남자의 얼굴을 떠올리고 슈스케는 미간에 주름을 만들었다.

"저기…… 시도 님과는 무슨 이야기를 나누셨습니까?"

"……기업 제휴 이야기였다. 앞으로 우리 텐구지 그룹은 시도 그룹과 협력해서 사업 발전을 꾀하게 됐어."

"……!"

"그놈 아들이 너를 구하기 위해 시도 유타로에게 부탁했다던데. ……나 원, 덕분에 눈을 떴지 뭐냐."

슈스케는 멍한 표정을 지은 유즈카의 머리를 다정하게 쓰다듬었다.

그 얼굴에는 넘쳐나는 후회와 딸을 향한 죄책감이 번져 있었다.

"지금까지 정말 미안했다. 네 인생은 회사를 위해 존재하는 게 아니고…… 하물며 나를 위해 있는 것도 아닌데. 앞으로는 네가 원하는 대로 살려무나."

"아, 아버지……."

유즈카의 눈에 눈물이 고였다.

억압당한 환경에서 해방.

여태까지 억눌러왔던 감정이 눈물이 되어 흘러나왔다.

"참나……. 나는 지금까지 뭘 하고 있었던 걸까. 설마 시도 유타로의 아들 때문에 깨닫게 될 줄은 몰랐어. 그 뭐냐…… 린타로라고 했던가."

"네…… 후후, 저희의 은인이네요."

린타로의 이름을 들은 유즈카는 눈물을 훔치며 미소 지었다.

"너와는 아는 사이지? 시도 린타로는 어떤 인간이냐?"

아버지의 질문에 유즈카는 잠시 고민했다.

그를 드러내는 말. 생각해 보면 그녀에게는 이미 답이 있었다.

"성실하지만 조금 심술궂고, 가끔 자기 감정에 휘둘리는 면이 귀여운── 제 히어로예요."

"……그러냐. 그렇다면 언젠가 인사해야겠구나."

유즈카와 그 아버지는 차를 타고 밤길을 달렸다.

자기들이 사는 집으로 돌아가기 위해.

이후 시도 그룹과 텐구지 그룹이 커다란 발전을 이루게 되는 건, 여기서는 생략하기로 한다.

"……."

나는 손에 든 스마트폰을 내려다보며 식은땀을 흘렸다.

이유는 **그녀들**에게서 도착한 메시지.

『15일 잘 부탁해!』

『16일은 기대하고 있을게.』

『17일, 기대된다.』

순서대로 카논, 미아, 레이에게서 도착한 메시지는 전부 놀러 가기로 한 약속이다.

15일부터 17일까지는 3일 연휴.

어차피 한가할 예정이었으니 이렇게 불러주는 건 대단히 고마운 일이지만, 3일 연속이 되면 솔직히 몸이 버틸지 걱정된다.

하지만 이제 와서 취소하기에는 너무 갑작스럽고, 앞으로는 세 사람의 서포터로서 보조하는 게 정해진 이상 전부 받아들이거나 전부 거절하거나 양자택일이다.

'귀중한 휴일이지만…… 어쩔 수 없지.'

반대로 생각하면 그 녀석들은 나와 보내기 위해 한층 귀중한 휴일을 써주는 셈이다.

나 같은 인간에게는 말 그대로 호화의 극치라고 할 수 있는 상황이다.

데이트 3연전 정도는 해내자고.

"자, 가자 린타로."

"아, 예……."

3연휴의 첫날을 함께 보내는 건 카논이었다.

나는 그녀에게 붙들려 대형 아울렛에 발을 들여놓았다.

온갖 브랜드가 즐비한 이 장소에 온 목적은 옷.

슬슬 본격적으로 겨울이 다가오고 있으니 동복을 봐 두고 싶다나.

"뭐야. 이 카논 님과 함께 휴일을 보낼 수 있다니 행복한 일이라고. 더 기뻐하란 말이야."

"너 말이다……. 이래 봬도 이쪽은 스캔들 같은 걸 신경 쓰고 있다고. 정신력 꽤 쓴단 말이야."

"흥, 괜찮아. 내 변장은 완벽하니까."

카논은 내 눈앞에서 한 바퀴 빙글 돌았다.

확실히 평소 모습과는 동떨어진 모습이었지만, 긴 붉은 머리카락을 숨기기 위해 쓴 모자가 벗겨지면 즉각 사람들의 이목을 끌게 될 것이다.

"자! 빨리 저 가게부터 돌자! 오늘은 만족할 때까지 따라와 줘야겠어!"

"알았다니까."

카논이 끌고 가는 대로 나는 가까이 있는 고급 명품점으로 들어갔다.

옷과 가방, 액세서리 등이 멋지게 진열된 가게 내부는 마치 다른 세상 같았다.

분위기가 너무 다른 나머지 나 같은 인간은 여기에 있으면 안 되는 것 같은 느낌마저 든다.

하지만 카논은 익숙하다는 듯 가게 안을 당당히 활보하며 가까이 있는 상품부터 물색하기 시작했다.

"좀, 입구에서 뭐 하는 거야? 날 따라오라고."

"말은 그렇게 해도……. 나 같은 녀석에게는 잘못 들어왔단 느낌이 너무……."

"무슨 잠꼬대 같은 소릴 하고 있어. 일단 너도 재벌집 도련님이잖아."

뭐, 그건 그런데.

"살 사람은 나니까 너는 그냥 구경한다는 느낌으로 따라오면 돼. 아, 갖고 싶은 거 있으면 사줄 수도 있어."

"헛소리하지 마. 여자에게 받는다니 사양이야."

"레이와 30만엔으로 계약한 남자는 어디의 누군데?"

"아까부터 아픈 구석만 찔러대다니……."

전부 사실이니까 반박할 수도 없다.

말싸움으로는 여자에겐 못 이긴다는 건 진짜인 모양이다.

"으음…… 뭐, 처음은 옷이지."

말문이 막혀버린 나를 무시하고 카논은 근처에 걸려있던 여성복을 잡았다.

그 옷은 조금 펑크하다고 해야 하나, 검은 가죽을 사용한 숏팬

츠에 그럴싸한 대미지가 들어간 셔츠였다.

그걸 자기 몸에 댄 카논이 나를 향해 몸을 돌렸다.

"어때? 이런 것도 어울리지?"

"어, 잘 어울리네."

"흐흥, 역시 네가 칭찬해주면 기분이 좋아."

그런 말을 하며 카논은 그 옷을 팔에 걸었다.

아무래도 살 생각인 모양이다.

카논이 들고 있는 옷과는 다른 사이즈로 가격을 확인해보자 거기에는 눈알이 튀어나올 것 같은 금액이 적혀있었다.

이걸 마치 당연하다는 듯이 살 수 있다니, 대세 아이돌은 무시무시하구나.

"이 옷에 맞춘다면 역시 초커를 빼놓을 수 없겠지. 기왕이면 하트 마크가 달린 건 없으려나……."

카논은 즐겁게 가게 안을 물색하고 있다.

그리고 새 옷을 또 몇 벌 고르더니 그걸 들고 내 소매를 잡아당겼다.

"린타로, 이거 시착하고 올 테니까 너는 잠깐 기다려."

"어, 그래."

"제대로 감상 말해주기다? 그래서 데려온 거니까."

그렇게 말하며 카논은 옷을 들고 시착실로 들어갔다.

그 근처에서 기다리기를 몇 분.

시착실 커튼이 열리고 새 옷으로 갈아입은 카논이 모습을 드러냈다.

"이런 느낌인데, 꽤 괜찮지 않아?"

"오오……."

조금 전에 본 펑크한 복장 위에 오버 사이즈의 겉옷을 걸쳤다.

상반신의 실루엣은 크게, 하반신의 실루엣은 가늘게.

그러한 대비가 정말로 패셔너블하다는 말을 체현하고 있었다.

"패션에 대해서는 잘 모르지만, 옷 덕분에 붉은 머리카락이 도드라진다는 느낌이 들어."

"좋은 착안점인데? 그럼 이걸 이렇게……."

카논은 트윈테일을 풀더니 이번에는 뒤에서 한갈래로 묶었다.

포니테일이 된 그녀의 분위기는 복장도 어우러져 상당히 어른스러워져서 평소와는 다른 반전미가 생겨났다.

"어때? 조금은 두근거렸어?"

"어……, 뭐."

"뭐, 뭐야. 솔직하게 굴고."

"거짓말해서 뭐에 쓰게?"

"너한테는 부끄러움 같은 개념은 없어?"

"부끄러워하면 너한테 진 기분이 드니까."

"귀엽지 않기는!"

안 귀여워도 된다.

나는 귀여움이 매력 포인트가 아니다.

"하지만 뭐, 어울린다는 거 맞지?"

"어, 아주 잘."

"흐응……. 그럼 그 의견 참고할게."

다시 시착실 커튼을 닫은 카논은 원래의 옷으로 갈아입고 돌아왔다.

그대로 계산을 마친 뒤 나와 함께 가게를 나왔다.

참고로 카논이 계산할 때 다시금 가격을 확인했는데, 나도 모르게 시선을 돌려버리고 싶어질 만한 숫자가 적혀있었다.

옷은 그냥 천 쪼가리가 아니구나.

"좋아, 그럼 다음 가게에 가자."

"오냐. ──아, 그거 이리 내."

"어?"

카논이 들고 있는, 지금 막 구매한 옷이 들어있는 봉투.

특히 겉옷은 재질적으로 상당히 부피가 크고 무게도 나갈 것이다.

나는 그걸 카논의 손에서 강탈했다.

"이럴 때는 짐꾼이 나설 차례잖냐. 자, 빨리 다음 가게로 가."

"……너 그런 점이 말이지."

"응?"

"그냥! 들어줘서 고마워! 살았어!"

"어, 어어……."

나에게 인사한 카논은 그대로 성큼성큼 걸어갔다.

설마 부끄러워하는 건가? 그런 거라면 이 승부는 내 승리라고 해도 되겠군.

──어라? 나는 대체 뭐랑 싸우는 거지?

결국 그 후로 세 시간 정도 카논의 쇼핑을 따라다녔다.

계속해서 옷을 보고 가방을 보고.

여자는 왜 이렇게 쇼핑을 좋아하는 걸까.

딱히 고통스럽다고 할 정도는 아니지만 솔직히 피곤하다.

"자, 수고했어."

"어…… 땡큐."

벤치에 앉아 쉬는 나에게 카논이 커피를 건넸다.

따뜻한 블랙커피를 한 모금 마신 뒤 후우 하고 한숨.

"……."

"……왜."

옆에 앉은 카논은 어째서인지 내 얼굴을 들여다보고 있었다.

"피곤해?"

"응? 뭐, 좀. 하지만 불만은 없어. 알면서 널 따라온 거니까."

"흐음…… 멋있네."

"너희를 위해서라면 노력을 아끼지 않기로 했거든."

이 녀석들이 부도칸 라이브를 성공시키는 그날까지 나는 내 인생을 바치기로 결심했다.

아버지와 갈등도 사라진 지금 나를 속박하는 것은 아무것도 없으니까.

"앞으로도 거리낌 없이 의지해줘. 나 같은 녀석이라도 괜찮다면."

"……후후, 남자 손이 필요할 때 너 말고 다른 사람의 얼굴이 떠오를 리 없잖아."

"오, 그거 영광인데."

"그래. 이 대인기 아이돌인 카논 님이 의지하고 있으니까 앞으로도 그걸 자랑스럽게 여기면서 살도록."

"아, 예."

날아간 체력은 좀처럼 돌아오지 않지만, 카논과 보낸 이 시간은 틀림없이 소중한 시간이었다.

"안녕, 잘 왔어. 린타로."

"……."

카논과 얼렁뚱땅 쇼핑 데이트를 한 다음 날.

나는 미아의 부름에 근처 공원으로 나갔다.

먼저 와 있던 미아는 변장을 위해 니트 모자를 썼는데, 옷차림에서 어쩐지 캐주얼한 인상을 받았다.

마치 지금부터 운동이라도 하러 가려는 듯한 차림새다.

그리고 그 손에는 어째서인지 새 농구공이…….

"……일단 먼저 물어보는 건데, 왜 농구공을 들고 있는 거냐?"

"후후후, 잘 물어봤어. 이건 다음 스케줄에 필요한 도구야."

"다음 스케줄?"

"내 개인적인 촬영인데, 사실은 새 드라마에 출연하게 되었거든. 농구공에 열정을 바친 청춘물이야. 문제는 부끄럽게도 내가 농구를 해본 적이 없거든."

"흐음, 그래서?"

"그래서 연습 상대가 되어줘."

"나보다 적임자 있지 않냐…… 그거."

나도 농구는 학교 수업에서 해본 정도라 제대로 배운 적도 없다.

"괜찮아. 결국 드라마 안에서 그럴싸하게 보여주는 것뿐이고, 나로서는 거기에 있어 주기만 해도 이미지트레이닝이 되거든."

"흐응……. 그런 거냐?"

"그래서 동영상을 보고 그럴싸한 움직임을 배우면서 연습하려고 하는데."

나와 미아는 근처에 있던 벤치에 앉아 스마트폰으로 농구 테크닉을 배우기로 했다.

하지만…… 둘이서 스마트폰 하나를 들여다보는 건 제법 거리가 가까워져서 위험하구나.

미아가 몸을 조금 꿈틀거릴 때마다 샴푸 향기가 풍기며 이쪽을 묘하게 자극했다.

"응? 왜 그래?"

"……아무것도 아냐."

"그래? 그럼 우선 한번 해볼까."

"어? 이 동영상의 움직임을?"

"응. 이미 자세는 대강 외웠거든."

벤치에서 일어난 미아는 내 눈앞에서 화려한 드리블을 보여주기 시작했다.

뭐라고 해야 하나. 엄청 그림이 되네.

"물론 실전에서는 도저히 사용할 수 없을 테지만, 그림만 놓고 보면 꽤 괜찮지 않아?"

"어…… 굉장해. 한 번 보기만 해놓고 외운 거야?"

"겉핥기로만. 춤의 일종이라고 생각하면 움직임을 흉내 낼 수는 있어."

아하, 확실히 미아의 움직임은 농구라기보다는 농구를 모티브로 한 춤 동작처럼 보였다.

해석에 따라서는 요점이 이렇게 달라지는 건가.

인간의 뇌 구조는 재미있구나.

"린타로, 잠깐 앞에 서 줄래?"

"어, 수비수 역할?"

"응. 드리블로 뚫는 움직임을 해보고 싶어."

시키는 대로 미아의 눈앞에 섰다.

조금 전 영상에서는 수비수가 두 팔을 벌리고 몸의 중심을 낮췄다.

먼저 기본에 충실하게. 나는 무릎을 굽혀 미아에게 맞설 준비를 했다.

"좋아, 간다."

미아가 공을 튕기며 다가왔다.

농구 규칙상 몸에 직접 닿으면 안 되는 거였지?

미아도 드라마 속에서는 그럴싸하게 보여줄 뿐이라고 했으니, 우선 진행 방향을 막는 식으로만 움직여보자.

"후후, 좋은 수비인데? 린타로."

"초보자가 뭘 다 안다는 듯이――?!"

미아의 자세가 갑자기 확 낮아졌다.

내가 어안이 벙벙해진 사이에 순식간에 내 팔 아래쪽으로 빠져 나갔다.

"후!"

그리고는 내 뒤에 있던 골대를 향해 공을 던져 깔끔하게 슈팅.

"……야."

"왜? 린타로."

"너 농구 경험자지?"

"……들켰구나."

"움직임이 너무 다르잖아! 뭐가 춤의 일종이냐! 아무리 생각해도 너무 본격적인 움직임이었어!"

내 지적을 받은 미아는 장난기 있게 웃었다.

"후후, 사실 나는 중학생 때까지는 지역 농구팀 소속이었거든. 이래 봬도 조금 자신 있어."

"뭐냐고……. 그럼 장난친 거야?"

"뭐, 그런 셈이 되나? 네가 놀란 얼굴을 보고 싶었거든. 제법 만족스러웠어."

젠장. 골려먹다니.

하지만 나도 남자다. 지기만 하는 건 자존심이 허락하지 않는다.

"……와라. 반드시 한 번은 막겠어."

"흐음? 재미있네, 해 봐."

미아는 씩 웃고는 다시 내 앞에 섰다.

피곤하다거나 피곤하지 않다거나 알 바 아니다.

반드시 잡고야 말겠어──.

"헉……, 헉…….."

"후후후, 이제 항복?"

"제, 젠장……."

그로부터 20번 정도 도전했을까.

이렇게 많이 시도한 주제에 나는 아직 한 번도 미아를 막지 못했다.

저 강약이 뚜렷한 움직임은 대체 뭐냐고.

공을 건드리지도 못할 것 같다.

그리고 가혹한 연습량으로 축적한, 무식하게 많은 체력 때문에 미아의 움직임이 둔해지는 기색은 없다.

이런 상대를 문외한인 내가 어떻게 막으라는 거야.

"……이런 건 어때? 린타로."

"어?"

"다음 시도에서 네가 나를 막으면 뭐든 원하는 걸 하나 들어줄게."

"뭐든 하나……?"

"그래, 뭐든."

미아는 마치 무언가를 어필하듯 자신의 몸을 손가락으로 더듬었다.

"일본이 자랑하는 인기 아이돌이 뭐든 원하는 걸 해준다는 뜻이야. 이러면 의욕이 나오지 않을까?"

"······오냐, 해주마."

"후후, 그렇게 나와야지."

미아는 기쁘다는 듯 웃으며 다시 내 앞에 섰다.

이렇게까지 도발 당한 상태에서 물러났다간 자존심도 없는 놈이다.

나는 이번에야말로 미아를 막기 위해 지금까지 이상으로 신경을 곤두세웠다.

──아니, 잠깐. 좋은 아이디어가 생각났다.

"간다······!"

미아가 들이친다.

여전히 쌩쌩한 움직임이다.

그런 그녀에게 나는── 몹시 비겁한 수단을 쓰기로 했다.

"날 제치면 일주일간 밥 없음!"

"뭐?!"

동요한 나머지 미아의 발이 꼬였다.

그 틈을 찔러 나는 그녀의 손에서 공을 빼앗았다.

어안이 벙벙해진 미아를 향해 나는 강탈한 공을 과시했다.

"어때, 빼앗았지?"

"추, 추하다 정말······."

마음대로 말씀하시길.

이런 건 이긴 사람이 승자다.

"······뭐, 어쩔 수 없지. 밥을 못 먹는 게 더 괴로우니까."

"그럼 내가 이긴 거 맞지?"

"응, 농구로 졌다는 느낌은 아니지만, 진 건 진 거니까."

미아는 어쩔 수 없다는 듯 어깨를 으쓱했다.

"자, 소원을 말해봐. 네 부탁이라면 뭐든 이뤄줄게."

"······각오는 되어 있다는 소리지?"

"어? 그, 그렇게 무거운 요구를 할 생각인 거야······?"

미아의 표정에 긴장이 퍼졌다.

나를 도발해놓고 이제 와서 겁먹었다고 하진 않겠지?

마지막 도전을 시작했을 때 이미 내 요구는 정해져 있었다.

"······앞으로 사흘간 내 요리 시식을 도와줘야겠어."

"──어?"

"놀린 거였다고 해도 네 연기 연습을 도와줬잖냐. 이번에는 내 요리 연습을 도와줘."

"그, 그런 걸로 괜찮아? 영락없이 나는 몸이라도 요구할 줄······."

"누가 그런 짓을 한다고! 하지만 그냥 시식이라고 얕보지 마. 완성된 요리가 얼마나 맛이 없든 한입은 반드시 먹어야 하니까."

새 요리에 도전할 때, 당연하지만 나도 실패하기도 한다.

그럴 때 만들어지는 소위 실험적인 요리를 남에게 먹이는 건 상당히 거부감이 있지만, 이런 벌칙으로 엮이는 거라면 마음도 다소 편하다.

"······네가 그걸 원한다면 나는 받아들일게. ······나한테는 오히려 포상이고."

"그렇게 말할 수 있는 것도 지금뿐일지도 모른다?"

"후후, 얼마든지. 네가 해준 거라면 어떤 요리든 맛있게 먹을게."

저렇게 강하게 나오면 이쪽도 맛없는 요리를 내놓을 수는 없잖아.

그 후 우리는 날이 저물 때까지 열심히 농구를 했다.

"으……."

아침 햇살을 받으며 나는 침실에서 눈을 떴다.

시도가의 저택에서 생활하게 된 지 시간이 좀 지났는데, 간신히 이 방에서 자는 것에도 익숙해졌다.

"끄으윽……. 젠장, 근육통인가?"

몸을 일으킬 때 느껴진 통증에 몸부림쳤다.

평소 농구를 하질 않으니까 계속 무게중심을 낮추고 움직였던 폐해가 지금 몸에 나타나고 있었다.

이래 봬도 운동 부족이 되지 않도록 이래저래 조심하고 있었는데…… 농구는 무섭구나.

"……린타로?"

마침 침대에서 내려왔을 때 문 밖에서 레이의 목소리가 들렸다.

방에 설치된 시계를 보자 이미 레이와 약속한 시간이 상당히 가까워졌다.

사실은 조금 더 일찍 일어날 예정이었지만 연일 누적된 피로가 생각보다 더 영향을 준 모양이었다.

"지금 가."

옷은 못 갈아입었지만 일단 어쩔 수 없지.

밖으로 나오자 사복을 입은 레이가 나를 맞아주었다.

"미안, 시간이 아슬아슬하네."

"괜찮아. 오히려 린타로는 괜찮아? 늦잠이라니 별일이야."

"어, 문제없어. 그래서 오늘은 뭘 한다고?"

"……딱히 생각해놓은 거 없어."

"뭐?"

그러고 보면 레이에게서 오늘 뭘 할지에 대한 이야기는 애초에 듣지 못했던 것 같다.

생각나지 않은 게 아니라, 처음부터 뭘 할지 정하지 않았기 때문이었다.

"오늘은 오랜만에 아무 일정도 없는 날. 그래서 린타로와 느긋하게 지내고 싶었어."

"……그렇군."

참으로 절묘한 타이밍.

이틀 동안 연속으로 외출하면서 적잖이 쌓여있던 피로에 이 일정은 너무나도 고마웠다.

물론 이틀 모두 즐거웠던 건 맞지만, 몸이 따라가냐 아니냐는 또 별개라서.

적어도 집에서 나가지 않아도 된다는 것만으로도 마음이 많이 편했다.

"그런 거라면 우선 커피라도 탈까?"

"응, 부탁할게."

"오냐."

우리는 1층에 있는 거실로 내려갔다.

아무래도 카논과 미아는 외출한 모양이다.

아니, 아마 일하러 간 거겠지. 요즘은 개인 스케줄도 많이 받는 모양이고, 전원이 일정을 맞춰야 하는 건 대체로 연습날이거나 CD 수록 일정이 있거나 할 때가 많다.

부엌에서 커피를 타고 다시 거실로.

어째서인지 커다란 소파에 다리를 올려놓고 무릎을 세워 앉은 레이의 눈앞에 컵을 내려놓았다.

"고마워."

"응……."

내가 마실 커피를 들고 나도 레이 옆에 앉았다.

햇살이 들어오는 거실은 무척 따뜻해서 내가 편안하게 풀어져 있다는 것을 자각했다.

참으로 우아하고 아늑한 시간이다.

아버지나 텐구지 일로 바빴던 일상은 이미 어딘가 먼 곳으로 가버린 듯한 느낌이다.

"린타로, 쉬고 있어?"

"어?"

"요즘 바빠 보였으니까."

설마 이 녀석, 날 생각해서 이 시간을 만들어준 건가?

지금 한 말에서는 아무래도 그런 의도가 느껴진다.

당했네. 본래 내가 신경을 써줘야 하는 입장인데, 이런 식으로 배려받다니.

"……고마워. 덕분에 오늘은 잘 쉴 수 있겠어."

"그래, 다행이야."

어제까지는 즐거운 기분 전환, 그리고 오늘은 몸을 쉬어주며 활력을 충전하는 시간.

아무도 의도하지 않았겠지만 균형이 훌륭했다.

"린타로가 카논이나 미아에게도 의지처가 되어주는 건 기뻐. 하지만 둘이 같이 보내는 시간이 줄어든 건 역시 쓸쓸해."

"그런 식으로 생각했었냐……."

확실히 최근에는 레이와 둘이서만 보내는 시간은 확실히 줄어들었다.

애초에 내가 집에 없는 시간도 있고, 같이 밥을 먹을 기회조차 한정적인 것도 사실.

그 점에 관해서는 그저 미안했다.

"앞으로는 조금 더 같이 보내는 시간이 늘어날까."

"늘어나겠지…… 아니, 늘릴 거야. 적어도 나는 학교에 있을 때 말고는 계속 집에 있을 테고, 네가 이 집으로 돌아오는 한 따뜻한 밥을 차려놓고 맞아줄 테니까."

"그건 굉장히 기대돼. 앞으로 더 열심히 할 수 있을 것 같아."

부도칸 라이브라는 꿈을 이루기 위해서도 앞으로는 컨디션을 더 신경 써야만 할 것이다.

그런 측면에서도 나를 의지해주고 있다.

남자로서 그 기대에 답해주지 않을 수는 없다.

"그래서 말인데 오늘 밤은 뭐 먹고 싶냐? 만약 원하는 게 없다면 체력이 붙을 법한 걸 만들게."

"음…… 포크 커틀릿 먹고 싶어. 오늘은 든든하게 먹고 싶은 기분."

"포크 커틀릿이라, 나쁘지 않지."

조금 더 느긋하게 쉰 다음에 장을 보러 가자.

약간 고급인 돼지고기에 바삭바삭한 튀김옷을 입히면 틀림없이 끝내주는 포크 커틀릿을 만들 수 있다.

'그리고 양배추에…… 된장국은 두부와 파가 좋으려나……. 뭐, 그것도 애들한테 물어봐서――.'

저녁 메뉴를 생각하며 쉬고 있었더니 조금씩 졸음이 밀려들었다.

아까까지 자고 있었는데 아무래도 내 몸은 또다시 잠을 원하는 모양이다.

점심도 차려야만 하는데, 졸음이 제대로 된 생각을 훼방 놓는다.

어쩔 수 없지. 일단 일어나서 주변을 산책하기로――.

"린타로."

"어……?"

갑자기 이름을 부른다 싶더니 레이가 내 몸을 자기 쪽으로 끌어당겼다.

몸을 지탱할 새도 없이 쓰러진 결과 내 머리는 레이의 허벅지 위에 올라갔다.

"뭐, 뭐야……. 무슨 짓인데?"

"졸려 보여서."

"이유가 안 되는데……."

"베개가 될만한 게 마땅히 없어. 그러니까 내가 무릎베개."

"……."

레이가 내 얼굴을 들여다보았다.

그 밀피유 스타즈의 레이가 무릎베개를 해주고 있다는 이 상황.

대체 나는 전생에 얼마나 많은 선행을 한 걸까.

어째 매번 이 소릴 하는 듯한 느낌이 든다.

"하지만 너…… 이대로는 발 저릴걸."

"괜찮아. 마음껏 베개로 써."

"말은 그렇게 해도……."

하지만 졸음은 이미 한계다.

저항해보긴 했지만 내 눈꺼풀은 서서히 내려가기 시작했다.

"린타로는 항상 우리를 위해 열심히 해줘. 하지만 우리는 린타로에게 좀처럼 보답하지 못해. 이걸로 조금이라도 네 피로가 풀린다면 얼마든지 나를 써 줘."

그렇게 따지면 레이도 매일 연습이며 일 때문에 피로가 쌓여있을 텐데.

반박하고 싶었지만 이미 입을 열 여유조차 없다.

내 의식은 천천히 따뜻한 암흑 속으로 가라앉았다.

마지막으로 레이가 머리를 살며시 쓰다듬은 것 같은 느낌이 들었다.

"응……."

서서히 의식이 깨어나며 눈을 떴다.

올라간 눈꺼풀 너머에 있는 건 미소녀 셋의 얼굴.

"아, 일어났네."

"어제 농구한 게 많이 피곤했나? 그런 거라면 미안한걸."

레이와 마찬가지로 사복을 입은 두 사람이 어째서인지 내 눈앞에 있다.

"너희…… 오늘 스케줄 있는 거 아니었어?"

"현장에서 몸이 아프다는 사람이 나와서 오늘 일정은 취소됐어."

"나는 인터뷰뿐이었으니까 오전 내로 끝났지."

아하, 그래서 둘 다 일찍 돌아온 건가.

누워있던 곳에서 몸을 일으키자 뭐가 불만인지 카논이 내 어깨를 찔렀다.

"뭐, 뭐야."

"너 레이와 너무 달라붙어 있는 거 아니야?"

"윽."

그 부분을 지적하면 도저히 부정할 수 없다.

하지만 나와 마찬가지로 지적당한 레이는 어리둥절한 얼굴이었다.

"우리를 제쳐놓고 알콩달콩한 시간을 보내다니…… 한시도 방심할 수 없다니까."

"알콩달콩은 무슨── 응?"

그때 내 목소리를 가로막듯 어디선가 꼬르륵 소리가 울려 퍼졌다.

어디서라고 말은 했어도 대충 한 곳밖에 없긴 하지만.

"""……""".

"미안, 배고파."

레이는 미안하다는 듯 배를 문질렀다.

그걸 보고 뭐라고 말할 의욕이 날아간 건지 카논도 미아도 어쩔 수 없다는 듯 내 쪽으로 시선을 보냈다.

"……하하하, 벌써 점심시간도 지났으니까. 바로 뭔가 만들어줄게."

"응, 부탁해."

레이가 배고파하는 건 내가 칠칠치 못하게 잠들어버렸기 때문이다.

덕분에 머리는 개운해졌고, 개운해졌으니 해야 할 일을 해야지.

"너희도 먹을래?"

"당연하지! 네 밥을 먹기 위해 도시락도 안 받아왔으니까."

"나도 카논과 마찬가지야."

전부 원한다 이거지.

아무리 점심이라고 해도 이래서야 기합이 들어가는걸.

"잠깐 기다려. 바로 배부르게 만들어줄 테니까."

그렇게 선언한 나는 부엌으로 향했다.

★★★
평생 일하고 싶지 않은
내가, 같은 반
인기 아이돌의
눈에 들면

후기

『평생 일하고 싶지 않은 내가, 같은 반 인기 아이돌의 눈에 들면』 4권을 구매해주셔서 정말로 감사합니다.

작가인 키시모토 카즈하입니다.

마침내 같반돌 시리즈도 4권 돌입……! 그런고로 조금 감개무량한 기분입니다.

사실 이 작품을 정식으로 출판하게 되었을 때, 웹상에서는 3권까지의 분량밖에 없었습니다.

솔직히 말씀드리면 그때까지는 정말 마음대로 썼죠.

하지만 4권이 되자 여태까지 진행한 이야기를 기반으로 어떻게 전개할지, 언젠가 올 엔딩을 향해 어떤 이야기를 만들어갈지, 생각할 일이 산더미처럼 늘어났습니다.

이런 상황이 처음인 것은 아니지만, 역시 1권 때와는 다르다는 걸 강하게 실감했습니다.

무슨 일이든 즐겁기만 하지는 않는다는 거겠죠…….

즐겁기만 하지 않다고 하면, 린타로가 보내는 나날도 정말 딱 그런 느낌입니다.

아이돌과 함께하는 꿈만 같은 일상, 하지만 즐겁기만 하진 않습니다.

그 생활을 지키기 위해서도 극복해야만 하는 장벽은 많이 있습니다.

이번에 그 장벽은 린타로의 과거, 가족 관계였는데 앞으로도 또 다른 장벽들과 부딪치게 되겠죠.

그런 벽을 뛰어넘고 한층 유대를 키워나가는 아이들의 관계를 독자 여러분께서 즐겁게 읽어주시면 좋겠습니다.

조금 길어졌지만, 이번에도 일러스트를 담당해주신 미와베 사쿠라 선생님, 오버랩 관계자 여러분, 그리고 응원해주신 독자 여러분께 제가 드릴 수 있는 최대한의 감사를 드립니다.

계속해서 다음 권에서 재회할 수 있으면 좋겠습니다.

ISSHOHATARAKITAKUNAIOREGA,KURASUMEITONODAININKIAIDORUN
INATSUKARETARA Vol.4

평생 일하고 싶지 않은 내가, 같은 반 인기 아이돌의 눈에 들면 4

2023년 10월 15일 1판 1쇄 발행

저　　　자 키시모토 카즈하
일 러 스 트 미와베 사쿠라
옮 긴 이 현노을
발 행 인 유재옥
본 부 장 조병권
담당편집 정영길
편 집 1 팀 김준균 김혜연
편 집 2 팀 정영길 조찬희 박치우 정지원
편 집 3 팀 오준영 이해빈 이소의
편 집 4 팀 전태영 박소연
미　　　술 김보라 박민솔
라이츠담당 김정미 맹미영 이윤서
디 지 털 박상섭 김지연 윤희진
발 행 처 ㈜소미미디어
인쇄제작처 코리아피앤피
등　　　록 제2015-000008호
주　　　소 서울 마포구 토정로 222, 403호(신수동, 한국출판콘텐츠센터)
판　　　매 ㈜소미미디어
마 케 팅 최원석 최정연 박종욱 박수진
물　　　류 허석용
전　　　화 편집부 (070)4164-3962, 3963　기획실 (02)567-3388
　　　　　　판매 및 마케팅 (070)4165-6888, Fax (02)322-7665

ISBN 979-11-384-2178-2 04830
ISBN 979-11-384-1683-2 (세트)